LES

CONVULSIONNAIRES
DE PARIS

PAR

H. GOURDON DE GENOUILLAC

AUTEUR DE PARIS A TRAVERS LES SIÈCLES

PARIS

CAPIOMONT AINÉ, CALVET ET Cie, ÉDITEURS

SUCCESSEURS DE Vve BENOIST ET Cie

10, RUE GIT-LE-CŒUR, 10

LES

CONVULSIONNAIRES

DE PARIS

PROLOGUE

LA FERME DES COUDRIERS

I

Comment le berger Pamphile gagna un petit écu au moment où il s'y attendait le moins.

Apollon se fit berger et garda, dit-on, les troupeaux du roi Admète.

Les bergers de l'Arcadie ont laissé des souvenirs chers aux amants des Muses, et le XVIIIe siècle est l'âge d'or de la bergerie enrubanée, sentimentale et poudrée, qui inspira aux poètes tant de madrigaux, de sonnets, d'élégies; qui fit commettre aux peintres tant de guirlandes de roses, de moutons frisés, de pipeaux bleu de ciel tenus par des bonshommes joufflus, culottés de satin vert pomme, et tant de rubans ponceaux flottant négligemment sur les seins de mignardes poupées aux joues vermillonnées et aux pieds chaussés de mules à talon rouge.

Oh! que ces bergers-là eussent semblé d'étranges créatures aux malheureux gardiens de troupeaux qui les auraient rencontrés sur leurs chemins!

. . . .

On était au mois de juillet.

Vêtu de haillons, les yeux caves, le visage bruni par le hâle, un jeune garçon de quatorze à seize ans était nonchalamment couché à terre, sur le revers d'un fossé au-dessus duquel un orme séculaire étendait ses vertes ramures, interceptant le passage aux rayons du soleil qui eussent, sans cet abri protecteur, tombé verticalement sur sa tête.

L'aspect de ce garçon était des plus misérables.

Ses longs cheveux incultes, tombant sur un front bas et fuyant, ses lèvres fortement développées et son menton anguleux lui donnaient l'apparence de la brute.

Le piteux état des loques dont il était couvert et la malpropreté de toute sa personne ajoutaient encore quelque chose à sa laideur originelle.

Ses yeux entr'ouverts laissaient de temps à autre tomber un regard atone autour de lui, puis se refermaient pour se rouvrir quelques instants plus tard.

La chaleur du jour était lourde et suffocante; de gros nuages noirs, qui s'amoncelaient à l'horizon, semblaient raser le sol; une senteur âcre s'échappait de la terre, et tout semblait annoncer un orage prochain.

Une cinquantaine de moutons, qui paissaient sous la garde du pauvre hère étendu sur l'herbe, bêlaient en se rapprochant les uns des autres.

Le berger fit un mouvement, et, secouant la torpeur qui l'accablait, il bâilla longuement, s'étira et se leva ; puis, après avoir considéré pendant quelques minutes l'état du ciel, il siffla son chien, une de ces bonnes bêtes à poils longs dont le regard intelligent devine la parole, et dont la perspicacité pourrait, certes, soutenir la concurrence contre celle de leur maître.

L'animal leva la tête, coucha ses oreilles, et, interrompant momentanément la surveillance qu'il exerçait sur les paisibles moutons, il accourut ramper aux pieds du berger.

Celui-ci, satisfait de son obéissance, lui donna en manière de remerciement un coup de pied sur les reins, et tirant d'un havresac suspendu sur ses épaules par une ficelle une épaisse tranche de pain, il se mit en devoir de déjeuner.

Le chien s'assit et témoigna, par le frétillement de sa queue, du plaisir qu'il aurait d'être de moitié dans ce repas.

Son maître n'y prit garde ; mais, puisant de nouveau dans sa gibecière, il en fit sortir un morceau de fromage et commença à manger, en se contentant de donner quelques bouchées de pain à son compagnon, qui, probablement habitué à la sobriété, les reçut avec des marques non équivoques de satisfaction. Holà ! Finaud, crois-tu donc que j'vas tout t'donner, béda ? dit-il au chien en rangeant le restant du pain que l'œil de l'animal convoitait ; holà ! aux moutons !

Et il le renvoya continuer sa besogne de surveillant.

Que faire après manger, si ce n'est dormir ?

Le sommeil était le délassement favori du berger, et nul doute qu'il ne s'y fût abandonné de bon cœur si les premières gouttes d'eau de l'orage qui commençait à éclater ne fussent venues lui offrir une distraction forcée.

Un orage en pleine campagne mérite certes la peine d'être observé ; et, bien que ce soit un spectacle que les paysans voient souvent se répéter, ils ne demeurent jamais indifférents à son approche.

Il est vrai que, pour beaucoup d'entre eux, l'orage est autre chose qu'une pluie accidentelle ternissant la pureté d'une belle journée d'été : c'est souvent un secours inattendu qui ramène l'espoir du cultivateur pleurant une récolte brûlée par une sécheresse dévorante, mais plus souvent aussi c'est une cause de ruine pour le malheureux qui voit ses champs ravagés par la grêle, détruisant en une heure l'ouvrage de toute l'année !

Notre jeune garçon n'avait ni à se réjouir ni à se lamenter du résultat qu'amènerait l'orage, car il n'avait à attendre ni récolte ni moisson ; pourvu que l'eau ne trempât pas ses sordides haillons, et que la crue subite des ruisseaux ne l'empêchât pas de regagner le chemin de la ferme, peu lui importait le reste.

Donc, après s'être adossé le plus commodément possible à l'arbre sous lequel il reposait tout à l'heure, il s'amusa à voir les nuages envahir peu à peu l'immensité du ciel, le soleil disparaître sous la masse de vapeurs qui voilaient ses rayons, et les larges gouttes de pluie tomber avec fracas sur la terre fendillée de la route qui s'étendait devant lui.

Peu à peu, cependant, la violence de la pluie se ralentit, le ciel reprit sa sérénité, et le feuillage des arbres, tout emperlé de larmes brillantes, sembla se colorer d'une teinte luisante qui mordorait de nouveau les jets de lumière dont la voûte céleste étincelait.

Le berger voulut alors changer de place et promener ses pas dans les environs, lorsque soudain la vue d'une berline de voyage, qui débouchait à l'horizon sur la grand'-route, captiva son regard et le tint immobile sous son orme.

Habitués à vivre au milieu du silence et de l'isolement, les pâtres et les bergers voient un événement dans le moindre incident qui se produit à l'entour d'eux et rompt la monotonie du paysage que seuls ils animent par leur présence.

Or, à l'époque où la route qui va de Poitiers à Saintes n'était guère fréquentée que par des chariots transportant des marchandises ou des troupeaux de bœufs conduits par des paysans, le passage d'une voiture menée par un postillon pouvait être considéré, sinon comme un événement, du moins comme un fait capable d'attirer l'attention du pauvre

La ferme des Coudriers.

diable, qui, pour mieux examiner l'équipage, s'assit sur le bord du chemin.

Les chevaux galopaient; soudain il les vit modérer leur allure, et, au même instant, il aperçut un homme passer la tête par la portière de la voiture et adresser quelques mots au postillon.

Celui-ci mit ses chevaux au pas.

Au bout d'un moment, la berline s'arrêtait devant le berger.

— Hé! garçon, lui dit le postillon, es-tu du pays?

— Oui, monseigneur, répondit le berger en se découvrant et en regardant avec des regards étonnés son interlocuteur, dont il admirait le superbe costume. Je suis Pamphile, le berger à mame Simonne.

Dès les premiers mots de ce dialogue, la personne qui occupait l'intérieur de la voiture l'ouvrit et sauta à terre.

— Quest-ce que Mme Simonne? demanda-t-elle.

— Mame Simonne, béda! c'est not' maîtresse, à qui qu'appartient la farme des Coudriers.

— Une ferme! dis-tu, où est-elle?

— Mame Simonne, béda! elle est cheux elle.

— Mais non, butor, la ferme?

— Ah ben ! la farme, elle est auprès du gué des Billoteaux, sur le chemin de Crezière.

L'homme qui lui adressait ces questions paraissait dévoré d'impatience et d'inquiétude, et, quoique les réponses du jeune berger fussent assez simples, il s'écria en s'adressant à une autre personne qui était restée dans la voiture :

— Du courage ! nous sommes dans le voisinage d'une ferme. Au nom du ciel, calmez-vous.

Un gémissement prolongé répondit à cette exhortation.

L'inconnu se retourna vers le berger.

— Combien y a-t-il de lieues d'ici à Saint-Jean-d'Angély ?

— Ah ! ma fine, il y en a ben six, béda !

— Et d'ici à la ferme de Mme Simonne ?

— Ah dam', j'sais pas.

— Comment ! tu ne sais pas ? double brute, fit l'homme en frappant du pied le sol. Oh ! mon Dieu ! pourquoi faut-il qu'un pareil événement nous surprenne dans un semblable lieu ! Voyons, continua-t-il en essayant de se faire comprendre du rustre qui restait devant lui bouche béante, je te demande s'il y a beaucoup de chemin à faire pour arriver à la ferme dont tu parles.

— A la ferme des Coudriers ?

— Oui !

— Oh ! qu' non !

— Ah !... eh bien, tu vas nous y conduire.

— Jésus ! vous voulez aller à la farme ?

— Oui ! les chemins sont-ils praticables pour la voiture ?

— Ah ! mais, béda ! je crois qu'oui.

— En ce cas, dépêche-toi de nous guider.

— Eh ! eh ! eh ! fit le berger riant.

Et il resta en place.

— Eh bien, n'entends-tu donc pas ? Je te dis de nous montrer le chemin.

— Béda ! et mes moutons ?

— Tes moutons ?

— Qui les gardera ?

— Allons donc, Pierrot, interrompit le postillon, tu vois bien que ce gentilhomme est pressé d'arriver ; tes moutons ne se sauveront pas, puisque le chien est auprès d'eux. Voyons, marche, et tu auras un bon pourboire.

— Un pourboire pour moi tout seul ? fit Pamphile à demi vaincu

— Ah ! c'est juste, dit à son tour le maître de la berline, c'est de l'argent qu'il te faut ; tiens, prends ceci et conduis-nous.

Et tirant de sa poche un écu de trois livres, il le jeta au berger.

Celui-ci fit un cri d'exclamation.

— Pour moi tout ça ? mon doux seigneur ! Une grosse pièce !

— C'est un petit écu, ça, mon gars, reprit le postillon.

— Un petit écu ! répéta Pamphile.

Une expression de plaisir indéfinissable passa sur son visage, qui rayonna. Jamais, probablement, pareille aubaine ne lui était tombée du ciel ; il était stupéfait.

Il fallut qu'une nouvelle injonction du voyageur le tirât de son extase pour qu'il se décidât à se mettre en route.

— Mme Simonne se fâchera contre Pamphile, c'est sûr, dit-il ; mais tant pis, Pamphile a un écu à lui.

Et, jetant en l'air son chapeau qu'il rattrapa en exécutant une cabriole, il prit ses jambes à son cou en s'écriant :

— Par ici, mes beaux seigneurs.

Et il s'élança, suivi de la berline, dans la direction de la ferme.

Il pouvait être midi.

Au milieu d'une vaste salle basse, au plafond enfumé et traversé par d'épaisses solives, une table couverte d'assiettes de terre réunissait les garçons et les filles de la ferme des Coudriers, qui faisaient honneur à une immense marmitée de choux dont l'odeur apéritive emplissait la maison.

On parlait peu ; chacun avait autre chose à faire qu'à babiller : le travail du matin et l'air de la plaine avaient, comme de coutume, aiguisé l'appétit de tous les hôtes robustes, et c'était à qui mordrait à belles dents dans les larges et copieuses tartines de pain bis qu'avait coupées la maîtresse de la ferme, une brune et haute femme d'une trentaine d'années, dont les joues fraîches et l'embonpoint du corps dénotaient la quiétude d'esprit et la santé, ces deux trésors inappréciables qu'on possède rarement l'un sans l'autre.

La majeure partie de l'assistance se composait d'hommes, jeunes pour la plupart, hâlés par la bise et le soleil, tous d'apparence solide et dont chacun des mouvements trahissait la force musculaire et la vigueur.

Quatre ou cinq paysannes, rieuses et jeunes aussi, mangeaient en échangeant quelques mots avec leurs voisins, tandis qu'un vieillard, assis dans un coin de la salle, venait de poser à terre une assiette dans laquelle on lui avait donné la soupe, dont il faisait son unique nourriture.

C'était un homme d'une cinquantaine d'années, paralytique et privé totalement de l'usage de ses jambes.

Depuis près de cinq ans on l'avait recueilli dans la ferme, où, en échange d'une écuellée de soupe soir et matin, et d'un grabat sur lequel il couchait, il donnait son travail de fileur.

Dès le point du jour, on transportait le pauvre homme sur sa chaise, non loin de l'âtre, et il commençait à mettre en mouvement son métier, dont le bruit ne cessait qu'à l'heure de midi pour reprendre une demi-heure plus tard et se continuer jusqu'au souper; après quoi on l'entendait de nouveau gémir sous la main du malheureux, qui, privé du faible secours qu'il recevait de la ferme, serait infailliblement mort de faim et de misère.

Triste sort que celui de ce pauvre diable condamné à tourner éternellement une manivelle!

Et cependant jamais une plainte ne sortait de sa bouche, qui ne s'ouvrait que pour encourager au travail les jeunes gens enclins à la paresse ou à l'indolence.

Quoique sans aucune espèce d'instruction, et peut-être à cause de son infirmité qui le forçait à mener une existence toute différente de celle des gens au milieu desquels il vivait et qui fatiguaient leur corps en laissant reposer leur esprit, il aimait à méditer et à penser, et donnait à ses paroles une certaine tournure sentencieuse qui le faisait considérer par les paysans avec une sorte de respect mêlé de défiance.

Ils ne l'aimaient pas et le consultaient volontiers, en le regardant, toutefois, comme un prophète de mauvaise augure.

C'est que, à la vérité, il avait souvent prédit des accidents et des malheurs devenus des réalités.

Mais il n'avait dû avoir besoin pour cela que d'un peu d'esprit d'observation et de pénétration.

Et toute son intelligence se portait sur ce point.

Aussi était-il des jours entiers sans prononcer une parole, écoutant tout ce qui se disait autour de lui, et en tirant des conséquences ou des probabilités dont il gardait en lui-même le souvenir.

La nature de son travail lui avait fait donner par les paysans le surnom de Tourniquet, surnom sous lequel tout le monde le désignait, et qu'il avait lui-même adopté sans aucune opposition.

Patient, résigné, ne contredisant jamais personne, et supportant avec le même calme les grossiers propos que lui adressaient ceux qui lui imputaient les suites de leur mauvaise conduite ou de leur ivrognerie et les méchantes espiègleries des enfants qui s'ingéniaient à le tourmenter de cent façons, il se contentait de secouer la tête et de répéter :

— Tourniquet n'est pas méchant; mais ceux qui lui veulent du mal, malheur leur viendra!

Et il continuait à faire mouvoir son métier sans plus répondre.

Après que la faim fut un peu apaisée, la conversation s'engagea et devint générale autour de la table, et pendant les quelques minutes qui restaient à consacrer au repos, ce fut à qui parlerait, en élevant la voix de manière à dominer celle des autres.

— Ohé! dit soudain l'un des paysans dont les yeux sournois brillaient d'une expression de fausseté visible, en s'adressant au vieux fileur, est-ce que vous avez déjà fini votre soupe, père Tourniquet?

— Oui, mon homme, répondit l'infirme, et je remercie le bon Dieu qui m'en envoie chaque jour une pareille.

— Il n'y a cependant pas de quoi. J'aimerais mieux me mettre sous la dent un bon morceau de fricot comme on en mange à la ville.

— Et puis l'arroser d'une bouteille de vin, n'est-il pas vrai, Sulpice?

— Dame! oui, pourquoi donc que je ne mangerais pas d'aussi bonnes choses que les gens de la ville, moi?

— Parce que tu n'es qu'un garçon de labour, et que ce n'est pas aux pauvres qu'il appartient d'avoir ce qui est réservé aux riches.

— Oh ! ils sont bien heureux ceux-là, fit le jeune homme.

— Sulpice, Sulpice ! prends-garde à toi ; tu es envieux, et il t'arrivera un malheur si tu te laisses aller à désirer ce que tu ne peux obtenir.

— Allons, bon ! voilà encore le père Tourniquet qui pronostique, dit un autre paysan en frappant avec force son gobelet d'étain sur la table. Le diable soit du vieux gueux ! Entends-tu, Marie-Jeanne, ce qu'il a dit à Sulpice ?

— Des bêtises, pardieu ; il m'a bien prédit à moi que je ne trouverais jamais de mari, et Claude a promis de m'épouser.

— Claude fera comme les autres, ma fille ; mais si tu l'écoutes, tu sauras une fois de plus que promettre et tenir c'est deux.

— Allons donc ! méchante langue, Claude vaut mieux que vous.

— C'est bien possible, la Mariette ; mais si tu comptes sur cet épouseur-là, t'as le temps de voir blanchir les pies.

— Voyez-vous, ce vilain Tourniquet, qui fait des moqueries sur mon amoureux !

— Allons, mes enfants, laissez le père Tourniquet tranquille, et dépêchez-vous de retourner à l'ouvrage, interrompit la fermière en s'interposant dans la discussion ; pourquoi donc être toujours après ce pauvre homme ?

— Faut pas leur en vouloir, madame Simonne, reprit le fileur en souriant avec bonhomie ; ces jeunesses, c'est vif, mais ça n'a pas de méchanceté.

— Vous êtes trop bon pour eux, père Tourniquet, répondit la jeune femme, et c'est pour cela qu'ils vous tourmentent.

— Bah, bah ! ils savent bien qu'il y a longtemps que je suis habitué à leurs malices.

Or, la fermière Simonne n'avait jamais besoin de répéter un ordre ; c'était une bonne personne dont le cœur excellent ne contenait ni fiel ni rancune, mais dont la volonté ne souffrait pas de contradiction.

Veuve, depuis trois ans, d'un mari qui se reposait sur elle des soins de la ferme, elle avait pris de bonne heure l'habitude d'être obéie sans mot dire, et, sans le secours de personne, elle conduisait la ferme de façon à pouvoir se passer de mari si l'occasion ne se présentait pas d'en rencontrer un de son choix.

Aussi, depuis les bergers jusqu'aux valets de charrue, c'était à qui se montrerait scrupuleux à remplir ses devoirs, dans la crainte d'être renvoyé pour servir d'exemple aux autres.

Donc, après qu'elle eut rappelé aux paysans qu'il était temps d'abandonner la table pour le travail, chacun s'empressa de se lever et de se diriger vers la porte, à l'exception d'une servante chargée de laver la vaisselle et de remettre tout en place au logis.

Mais au moment où filles et garçons allaient en franchir le seuil, un jeune pâtre d'une quinzaine d'années, précédant une berline qui s'avançait au pas, accourut en s'écriant :

— Ohé, mame Simonne, ohé !

— Pamphile ! s'écria aussitôt la paysanne à qui le père Tourniquet avait dit qu'elle ne trouverait jamais de mari, Pamphile, que viens-tu faire à cette heure ?

Mais le jeune garçon ne répondit pas et continua à crier :

— Ohé, mame Simonne, ohé !

II

De la visite inattendue qu'on reçut à la ferme des Coudriers, et quelles en furent les suites.

Surprise d'être interpellée de la sorte, la fermière s'avança.

— Eh bien ! Pamphile, qu'y a-t-il ? où sont donc tes moutons ?

— Mes moutons ? eh ben ! ils sont dans le pré du Couleau, béda !

— Et pourquoi es-tu ici, toi ? que viens-tu faire à la ferme ?

— J'vas vous le dire ! J'vous amène des seigneurs qui m'ont baillé un écu blanc pour les conduire ici ; et le v'là, mon écu.

Et Pamphile montra la pièce d'argent qu'il tenait à sa main ; puis, faisant immédiatement volte-face, il reprit sa course pour aller retrouver ses moutons.

Mme Simonne n'écoutait plus son berger.

Toute son attention se portait sur la berline qui s'était arrêtée devant la porte de la

Éperdu, il s'élança sur le lit et saisit l'une des mains de la jeune femme. (Page 14.)

ferme pour en laisser descendre un homme qui, après l'avoir saluée, lui dit à voix basse :

— Vous êtes la maîtresse de cette ferme, madame ?

— Oui, monseigneur, répondit celle-ci, qui avait reconnu aux dehors de l'étranger un homme de qualité.

— Eh bien, madame, il faut que vous me rendiez un immense service, dont vous serez généreusement récompensée.

— Parlez, monseigneur ; de quoi s'agit-il ?

Le voyageur jeta un regard autour de lui et montra le cercle de paysans qui s'était formé pour l'examiner.

La fermière fit un geste, et chacun se dispersa.

— Nous sommes seuls maintenant, monseigneur.

— Merci ! ce que j'attends de vous, c'est un lit pour une personne que j'accompagne et qui est là, dans cette voiture, en proie à des douleurs qui ne lui permettent pas de continuer notre voyage, et qui nécessitent l'assistance d'une femme. Oh ! madame ; de grâce, ne perdez point de temps. Je vous le répète, vous serez amplement dédommagée du dérangement que notre présence vous occasionnera ; mais le moindre retard peut être fatal. Hâtez-vous !

— Monseigneur, reprit Simonne, on n'a jamais refusé un bon office à la ferme des Coudriers ; et, Dieu merci ! il n'est pas nécessaire de parler de dédommagement pour cela. Entrez, monseigneur, et si vous ne trouvez chez nous ni luxe ni richesse, vous serez sûr d'y être accueilli de bon cœur.

— Oh ! merci, madame ; vous sauvez peut-être la vie d'une femme !

Tout en parlant, le voyageur avait fait signe au postillon de pénétrer dans la cour de la ferme.

Au bout d'un moment, il ouvrit la portière de la berline et donna la main à une jeune femme dont la pâleur mortelle et l'état de grossesse avancée inspiraient le plus vif intérêt.

— Oh ! madame, dit-elle en s'adressant à la fermière aussitôt qu'elle eut mis pied à terre, que je souffre !

La Simonne l'engagea à s'appuyer sur son bras et l'introduisit dans l'intérieur du bâtiment qui lui servait d'habitation.

L'étranger les suivit en soutenant de temps à autre sa compagne, dont la marche pénible décelait les vives douleurs.

Ce fut dans sa propre chambre à coucher que la fermière la conduisit.

Il était temps qu'elle arrivât ; brisée par la fatigue, elle se hâta de s'asseoir : elle était à bout de courage.

La jeune femme qui venait de faire son entrée à la ferme des Coudriers d'une si étrange façon pouvait avoir vingt-cinq ans.

C'était une belle personne ; d'une physionomie pleine de noblesse et de distinction, aux traits fins et réguliers, grande, brune, et dont les yeux noirs brillaient d'un éclat tempéré par la douceur de leur expression.

Elle paraissait en proie à une violente émotion, et on devinait, à la rougeur qui lui monta au front lorsqu'elle entra dans la chambre de la fermière, qu'elle éprouvait une indicible confusion de se voir dans la nécessité d'accepter ou plutôt d'implorer l'hospitalité que la Simonne lui accordait de si grand cœur et avec tant de grâce.

Mais elle souffrait trop pour ne pas la considérer comme un bienfait, et elle remercia affectueusement son hôtesse, qui s'empressa de mettre des draps blancs au lit et de l'aider à s'y coucher ; après quoi elle sortit pour donner l'ordre de préparer une autre chambre pour l'étranger.

Les voyageurs restèrent seuls.

— Antoinette, s'écria l'homme en s'adressant à sa compagne, au nom du ciel ! prenez courage, je vais aller moi-même chercher un médecin à la ville la plus voisine.

— Maurice, ne me quittez pas !... auprès de vous je sens que je n'ai rien à craindre, car votre amour veille sur moi ; mais s'il me fallait demeurer seule dans cette chambre au milieu de gens qui me sont étrangers, il me semble qu'il m'arriverait malheur.

— Oh ! pourquoi parler de la sorte ? Cette ferme isolée n'est-elle pas au contraire une retraite merveilleusement appropriée à l'événement qui se prépare ? Cette brave femme qui nous a reçus est... Mais vous souffrez... Antoinette, chère Antoinette ! vous pâlissez !

— Non, ce n'est rien ! Depuis que je suis sur ce lit je me sens mieux. Oh ! mon ami ! quand je songe qu'une indiscrétion pourrait nous perdre ; qu'un nom... Oh ! vous êtes bien sûr, n'est-ce pas, que personne ici ne peut savoir qui je suis ?... Mon nom est ignoré ?

— N'ayez donc aucune inquiétude ; voyons, c'est de l'enfantillage ! Comment voulez-vous qu'il puisse se faire qu'on sache votre nom à cette ferme ?

— Oui, vous avez raison, je suis folle ! mais, que voulez-vous je croyais avoir encore deux mois devant moi ; j'espérais que ce serait dans votre terre de Saint-Aubin que je donnerais le jour à cet enfant, et me voici tout à coup obligée de confier ce secret à des inconnus qui le trahiront peut-être !...

— Encore ! Voyons, Antoinette, c'est à moi qu'il appartient de prendre les précautions nécessaires pour vous mettre à l'abri de tout danger. Je vous en prie, fiez-vous à moi ; il est ridicule de se tourmenter ainsi.

— Maurice, vous me grondez !...

— Non, ma chère ; mais c'est qu'en vérité vous manquez de confiance.

— Oh ! mon ami, ne sais-je pas que vous m'aimez ? Parlez, ordonnez, je vous obéirai.

— A la bonne heure ! Eh bien, en ce cas, il faut que vous vous décidiez à rester seule ici jusqu'à ce que je sois revenu avec un médecin; il serait peut-être dangereux de charger quelqu'un de la ferme d'en appeler un: une imprudence est vite commise. Ma berline est là; je vais me faire conduire promptement à la première ville venue; j'offrirai à un médecin de lui payer ce qu'il voudra et je l'amènerai; puis aussitôt après votre délivrance il nous accompagnera jusqu'à Saint-Aubin; avec de l'or je m'assurerai sa discrétion.

— Mais si je ne pouvais attendre votre retour?

— La fermière vous donnerait des soins; mais, d'ailleurs, n'avez-vous pas dit tout à l'heure que vos douleurs avaient cessé?

— Oui, mais déjà, vous le savez, je craignais de ne pouvoir atteindre cette ferme, et je puis d'un moment à l'autre...

— Raison de plus pour me hâter de me rendre auprès du médecin.

— Allons, faites, mon ami, dit la jeune femme résignée.

Au moment où Maurice se préparait à sortir, la Simonne rentra.

— Tout est prêt, fit-elle en s'adressant à celui-ci, et vous pourrez rester à la ferme des Coudriers tant qu'il vous plaira.

— Merci, ma brave femme, répondit Maurice; mais ce n'est pas tout ce que j'attends de votre bonté; ma femme s'est trouvée subitement prise des douleurs maternelles au milieu de notre voyage, et sans votre généreuse hospitalité elle eût été privée de tout secours; il faut encore que vous me promettiez de veiller sur elle jusqu'à l'arrivée du médecin que je vais aller chercher.

— Mais, monseigneur, il y a, à un quart d'heure de la ferme, une sage-femme qui m'a assistée deux fois en semblable occasion, et je puis envoyer...

— C'est inutile: ma voiture est prête, et dans quelques heures j'aurai été et je serai revenu de Saint-Jean-d'Angely.

— Comme il vous plaira, monseigneur; mais vous pouvez être tranquille: j'ai eu deux enfants de mon pauvre défunt (que Dieu ait son âme!) et je sais ce que c'est que d'emmailloter un nouveau-né.

— Allez, je remercie Dieu de m'avoir conduit chez vous, madame Simonne.

— Vous êtes bien honnête, monseigneur.

Maurice s'approcha de sa prétendue femme:

— Encore une fois, courage! demain, nous nous remettrons en route pour Saint-Aubin.

Et il prit ses mains dans les siennes pour les presser avec effusion.

— Maurice, dit la jeune femme avec un sourire plein de tristesse, avant de me quitter embrassez-moi.

— Quoi! fit tout bas Maurice, devant cette femme?

— N'êtes-vous pas à ses yeux mon mari? répondit-elle de même.

— C'est juste! mais vous paraissez tout accablée.

— Pardonnez-moi, mon ami; c'est une folle terreur, j'en conviens, mais je ne sais pourquoi il me semble que quelque grand malheur me menace.

— Enfant! qui peut vous menacer?... Lui? il est loin d'ici!

La jeune femme ne répondit pas, mais elle présenta son front à son soi-disant mari, qui y appuya ses lèvres.

Quelques minutes plus tard il roulait en berline sur la route de Saint-Jean-d'Angely.

Esquissons en peu de mots son portrait.

Maurice était un homme de vingt-huit ans environ.

Sa physionomie, plutôt bien que mal, avait cependant une certaine expression de dureté qui n'inspirait pas la sympathie; bien fait, élégant, il avait tous les dehors d'un homme de plaisir: une bouche sensuelle, des yeux veloutés et caressants, mais dont la lueur phosphorescente semblait parfois sauvage et cruelle. Toutefois, il devait plaire aux femmes.

Les aimait-il? Un peu comme le chasseur aime le gibier ou le séducteur sa victime: pour jouir du plaisir de tuer l'un, ou de la satisfaction de tenir l'autre captive en sa possession.

Quant à éprouver pour elles ce sentiment si pur et si noble qu'on nomme l'amour, et qu'il s'était si souvent vanté d'éprouver, nous ne croyons pas qu'il fût jamais entré dans son âme, ouverte et accessible à toutes les joies de ce monde, mais peu faite pour goûter les suprêmes délices des saintes voluptés du cœur.

Et la jeune femme que nous avons laissée en compagnie de Mme Simonne était peut-être de cet avis ; car, après le départ de Maurice, elle songea à lui, et une larme vint mouiller ses paupières.

— C'est étrange, disait-elle, depuis quelque temps et surtout depuis qu'il sait que je dois être mère, il me semble que Maurice n'est plus le même ; il paraît parfois soucieux, préoccupé, et tout à l'heure encore, tandis qu'il me parlait, j'ai vu de l'impatience dans son regard... Est-ce qu'il ne m'aimerait plus ? Oh ! non, ce n'est pas possible, cela ne peut pas être... Ne plus m'aimer ! moi qui lui ai sacrifié le repos de ma vie, l'honneur du nom que je porte ! Oh ! cela serait horrible d'avoir trompé un mari qui ne vivait que pour moi, qui ne chérissait que moi, pour un homme qui ne m'aimerait plus, qui me méprise peut-être ! Eh ! n'a-t-il pas le droit de me mépriser ! J'avais tout ce qu'il faut pour être heureuse : un époux dont j'étais l'idole, un fils bien-aimé qui devait éloigner de mon cœur toute mauvaise pensée, et j'ai écouté la voix de cet homme qui me poussait à ma perte !... Oh ! mais je suis folle de douter de son amour : l'enfant que je porte dans mon sein est le sien ! répéta-t-elle en baissant la tête, et il m'a promis de le faire élever non loin de lui, d'en avoir soin ! Oh ! cela est affreux d'être mère et d'être obligée de cacher son enfant à tous les regards, de l'abandonner !

Et des larmes mouillèrent les yeux de la jeune femme, qui s'abîma dans une profonde rêverie, dont la souffrance vint seule la tirer.

Souffrance qui lui annonçait l'arrivée de ce moment fatal qu'elle redoutait depuis si longtemps, et dans lequel elle allait combler la mesure de la honte dont elle avait couvert le nom de son époux, en donnant le jour à un enfant adultérin !...

Aux gémissements qu'elle poussa, Mme Simonne accourut, et la brave femme, qui ne pouvait savoir la cause de cette désolation qui se lisait sur le visage de la patiente, l'exhortait à se calmer, en la raillant légèrement à propos de la pusillanimité qu'elle montrait.

— Allons, madame, lui disait-elle, ne vous effrayez point ; est-ce que les femmes ne sont pas toutes nées pour éprouver ces douleurs ? Prenez patience ; monsieur votre mari ne tardera pas à revenir avec le médecin qu'il est allé quérir.

— Mon mari !... ah ! oui, vous avez raison, il sera bientôt de retour, n'est-ce pas ?

— Dame ! c'est probable ; avec des chevaux comme ceux qu'il a à sa voiture on va vite, et il n'y a pas plus de cinq petites lieues d'ici à Saint-Jean-d'Angely.

Antoinette souffrait de plus en plus.

Aux gémissements succédèrent des cris étouffés qu'elle s'efforçait en vain de comprimer.

La fermière ne savait plus que faire pour lui donner du courage, et elle commençait à souhaiter fort que le médecin arrivât.

Personne ne vint.

Et après une demi-heure passée dans d'affreuses tortures et qui parut un siècle à Antoinette, elle mit au monde une charmante petite fille que Mme Simonne reçut dans ses bras.

— Oh ! madame, comme elle est jolie, s'écria joyeusement celle-ci, et comme elle vous ressemble !

— Une fille, se contenta de répondre la jeune femme.

Et ses regards se tournèrent vers la frêle créature qui venait de jeter son premier cri, vagissement plaintif du nouveau-né, qui commence la vie par une exclamation de douleur et qui la quittera en exhalant un soupir, comme si la vie était un martyre et la mort une délivrance.

Or, ce cri, signe de vie, qui fait ordinairement oublier à la mère toutes ses souffrances passées et met un rayon de joie dans son âme, n'apportait dans le cœur de l'accouchée qu'une morne tristesse, et, malgré les efforts qu'elle faisait pour ne pas laisser voir à la fermière ce qui se passait en elle, celle-ci s'aperçut de la pénible impression que paraissait lui causer la naissance de cette enfant, et elle l'attribua à la déception qu'éprouvait probablement la jeune femme qui désirait peut-être obtenir un fils et qui se trouvait mère d'une fille.

Elle tenta de l'en consoler.

— Oui, c'est une fille, répéta-t-elle, et qui deviendra une belle demoiselle. Ah ! madame, on préfère quelquefois un garçon ; mais est-il un plus doux bonheur pour une mère que d'avoir une gentille petite créature comme celle-là, qu'on élève auprès de soi, qui ne vous quitte jamais?... Une fille, madame, c'est une compagne que le bon Dieu vous donne, c'est la joie de la maison. Oh! moi aussi, j'en ai eu une; mais le ciel l'a reprise, et je l'ai bien longtemps pleurée, car elle était bien belle!

Chacune des paroles de la brave femme entrait au cœur d'Antoinette comme la pointe acérée d'un poignard; il lui semblait que c'était la voix de la conscience qui lui parlait et qui, en lui retraçant le tableau des joies de la maternité, lui adressait des reproches plus sanglants que n'eussent pu l'être les plus dures expressions.

Elle baissa la tête et fondit en larmes.

La Simonne était toute interdite; elle n'osa insister.

— Voyons, madame, lui dit-elle, ne vous désolez pas ainsi, vous allez vous faire du mal; ne pleurez pas de la sorte.

— Oui, vous avez raison, dit soudain Antoinette, mais je n'ai pas été maîtresse de ce mouvement de faiblesse. Oh! donnez cette enfant que je l'embrasse.

— A la bonne heure! s'écria joyeusement la Simonne.

— Et elle lui présenta sa fille.

Antoinette la baisa avec effusion; puis soudain, mue par une pensée secrète, elle détacha de son cou une chaînette soutenant un médaillon se séparant en deux parties, et sur lequel était représenté, d'un côté le portrait d'un gentilhomme, de l'autre le sien.

Elle retira la face où se trouvait la figure du gentilhomme, et passa l'autre, suspendue à la chaîne, au cou de l'enfant.

— Maintenant, dit-elle, en lui donnant un second baiser, que Dieu veille sur toi, pauvre enfant, et me pardonne si je ne puis te laisser que ce souvenir de ta mère!

Antoinette parlait à voix basse, et il était impossible que la Simonne l'entendît; mais elle la considérait avec une certaine surprise, et l'affliction de cette mère devant son enfant, son embarras, tout, jusqu'aux baisers qu'elle paraissait ne lui donner que par réflexion, excitait son étonnement.

Néanmoins elle se garda bien de le manifester par des remarques ou des observations inopportunes, et ne s'occupa plus que des soins à donner à toutes deux en attendant l'arrivée du médecin et le retour de celui qu'elle considérait comme le mari de la jeune femme.

Ils tardaient bien l'un et l'autre.

Antoinette, seule dans cette maison qu'elle ne connaissait pas et n'ayant auprès d'elle qu'une étrangère, attendait avec impatience la venue de Maurice. Elle avait beau se répéter à elle-même qu'elle n'avait rien à craindre, qu'elle trouverait dans cette ferme les soins que réclamait son état, elle ne pouvait se soustraire à l'influence d'une sombre pensée.

Elle avait comme le pressentiment de quelque catastrophe imprévue, et sa volonté était impuissante à faire cesser l'espèce d'appréhension indécise qui flottait dans son esprit.

Soudain les pas d'un homme se firent entendre dans l'escalier qui conduisait du rez-de-chaussée à la chambre où elle se trouvait.

— Ah! c'est monsieur votre mari, sans doute, s'écria Mme Simonne... Mais non, reprit-elle aussitôt, je n'ai pas entendu la voiture.

Le bruit se rapprocha. Deux légers coups furent frappés à la porte.

— Qui est là? demanda la fermière.

— Ouvrez, madame Simonne, dit une voix, c'est le médecin.

— J'y vais, répondit-elle.

Et se hâtant de réparer d'un coup de main le désordre de la chambre, mise sens dessus dessous par la venue de celle qui n'y était pas attendue, elle alla ouvrir.

Un jeune homme, vêtu de noir et portant la tête haute, se présenta.

— Entrez, monsieur, dit la fermière; mais vous arrivez trop tard.

— Peut-être! fit le nouveau venu.

Et il marcha droit au lit de l'accouchée.

Au son de cette voix, celle-ci avait fait un mouvement convulsif.

Soudain son regard s'arrêta sur le visiteur, et un cri terrible s'échappa de sa poitrine.

Le front de l'homme était pâle et son œil étincelait.

— Ah! ah! madame, ce n'est pas moi que vous attendiez, n'est-il pas vrai?

Mais Antoinette ne l'entendait pas.

Sa tête était retombée inerte sur l'oreiller; un tremblement nerveux agitait ses membres, et son visage avait pris une telle expression d'épouvante, que l'inconnu tressaillit.

La fermière considérait cette scène, muette de stupeur.

— Antoinette ! reprit enfin l'étranger, répondez-moi... Antoinette !

Celle-ci essaya de remuer ses lèvres ; mais aucun son n'en sortit.

Un frisson parcourut tout le corps de son interlocuteur.

Éperdu, il s'élança sur le lit et saisit l'une des mains de la jeune femme.

Tout à coup il recula.

Un râle sourd, lugubre, déchirant à entendre, s'échappa de la gorge serrée d'Antoinette ; ses muscles se contractèrent avec force, sa face s'empourpra.

— Julien ! grâce !... grâce !...

Elle fit un effort.

Ses yeux s'injectèrent de sang, sa bouche s'ouvrit pour crier, un hoquet expira sur ses lèvres...

Ce fut tout.

Elle était morte.

III

Où le lecteur commence à faire plus ample connaissance avec les hôtes de la ferme des Coudriers.

La mort instantanée de la jeune femme avait changé la scène d'aspect. Cet homme, qui était venu tuer par sa présence la malheureuse femme dont les regards éteints semblaient s'être arrêtés sur lui et le considérer avec effroi, cet homme fondit en larmes, et, tombant à genoux devant le lit de la morte, il sanglota.

— Antoinette ! ma femme ! Antoinette, je te pardonne, je te...

Mais soudain il se releva les traits bouleversés, le visage baigné de pleurs.

— Oh ! mais non, exclama-t-il, elle ne peut être morte... car c'est moi qui l'aurais tuée ! Non, n'est-ce pas, Antoinette, tu m'entends, tu me vois ? Ah ! elle s'est trouvée mal ! oui !... Madame, de l'eau, du vinaigre !... mais aidez-moi donc, de grâce !

Et il se tourna avec désespoir du côté de la fermière.

La Simonne pleurait aussi.

L'enfant semblait dormir dans ses bras qui le berçaient.

— Oh ! monsieur, s'écria-t-elle, qu'avez-vous fait ?

— Ce que j'ai fait !... Mais vous croyez donc qu'il n'y a plus d'espoir, que... Oh ! mon Dieu ! mon Dieu ! mais c'est affreux ! il faut la secourir, qu'on aille vite chercher un médecin ! Mais allez donc, c'est ma femme ! et je ne veux pas qu'elle meure.

Et le malheureux époux d'Antoinette se tordait les bras avec angoisse. La fermière était consternée.

D'un moment à l'autre pouvait revenir l'homme qui s'était dit le mari de la pauvre femme qui gisait là, et, en songeant à la terrible scène qu'amènerait la rencontre des deux hommes, elle eut peur.

— Mais, au nom du ciel, madame, appelez donc ; tout à l'heure il ne sera plus temps ; elle n'est peut-être pas morte encore.

Et, se jetant de nouveau sur le corps immobile de sa femme, il essaya de la rappeler à la vie.

La Simonne comprit qu'avant tout il fallait éviter le retour de l'amant.

Elle ouvrit la porte et descendit rapidement.

— Magdeleine ! cria-t-elle en s'adressant à la servante qui écoutait au bas de l'escalier, en compagnie des autres gens de la ferme, le bruit extraordinaire qui se passait dans la chambre de leur maitresse, Magdeleine, prends vite cet enfant et porte-le sur ton lit. Pauvre petite, ajouta-t-elle en embrassant l'innocente créature, cause de tant de larmes versées, que Dieu te fasse ignorer toujours ce que tu as coûté à ta mère !

Et, remettant l'enfant à la paysanne ébahie, elle s'élança sur le chemin qui conduisait au presbytère.

Lorsqu'elle revint accompagnée du ministre de Dieu, elle trouva son hôte au chevet de la morte.

Il ne pleurait plus ; mais une sombre lueur brillait dans ses yeux, et ses lèvres contractées frémissaient d'une sourde colère.

Il songeait à la vengeance.

Le prêtre, un bon curé sexagénaire, s'avança vers le lit et fixa la morte avec compassion ; puis, se retournant vers le vivant :

— Mon fils, lui dit-il, il faut prier pour elle.

L'époux devenu veuf baissa la tête et ne répondit point.

Mais le digne ecclésiastique, à qui la Simonne avait confié ce qu'elle savait en lui faisant part de ses appréhensions, lui parla de Dieu et de la soumission que l'homme doit aux dures épreuves qu'il lui plait de nous envoyer, et il finit par l'emmener hors de la chambre funèbre pour le conduire chez lui.

Toutefois, ce n'était pas à la persuasion du prêtre qu'il fallait attribuer l'obéissance qu'il montra.

La même pensée qui avait inspiré à la Simonne le désir de l'éloigner l'engageait à le faire.

Il craignait que celui dont il avait à se venger ne fût averti de sa présence à la ferme et n'osât se montrer tant qu'il serait auprès du lit de sa femme, et il voulait en se retirant lui laisser la liberté de contempler son ouvrage et de venir de lui-même s'offrir à ses coups.

Car il avait résolu sa mort, et sur le cadavre de sa femme il avait juré de le tuer sans pitié ni merci.

Quant à l'enfant, elle était prévue dans son esprit : il donnerait à la fermière une somme d'argent suffisante pour qu'elle la pût faire élever par quelque paysanne dont il ignorerait jusqu'au nom, afin de n'avoir jamais à entendre parler d'elle.

Donc, affectant soudain une tranquillité d'esprit qu'il était loin de posséder, il suivit sans résistance le curé jusqu'au presbytère, où il entra; puis, après avoir écouté patiemment les paroles évangéliques du prêtre, qui l'exhortait de son mieux au calme et à la modération, il prétexta du désir qu'il avait d'aller à Saint-Jean-d'Angely s'enquérir de la possibilité d'avoir un carrosse propre au transport de sa femme, qu'il voulait faire inhumer dans la chapelle du château qu'il possédait en Normandie, et reprit le chemin de la ferme.

Mais, dans la crainte d'être rencontré et signalé à celui dont il voulait surprendre le retour, il fit un détour, et, longeant un sentier parallèle au bâtiment, redescendit vers la route.

Il vit un paysan qui sortait de la ferme et se dirigeait de son côté; il alla droit à lui; c'était Sulpice, l'antagoniste du père Tourniquet.

— L'ami, lui dit-il, tu dois aimer l'argent?

— Dame! monseigneur, faudrait être bien simple pour ne pas l'aimer.

— Eh bien! prends ceci, et réponds franchement aux questions que je vais t'adresser.

Et il mit un louis dans la main du paysan, dont les yeux brillaient de convoitise.

— Oh! monseigneur, demandez-moi tout ce que vous voudrez, et je vous répondrai la pure vérité.

Ce que voulait savoir le mari d'Antoinette, c'étaient les détails de l'arrivée de sa femme et de l'amant de celle-ci, et de ce qui s'était passé depuis leur séjour à la ferme. Sulpice le satisfit pleinement; il lui raconta comment la dame avait donné le jour à une petite fille, tandis que son mari était parti à la ville chercher un médecin.

Ce mot de mari le fit tressaillir; cependant il se contint.

— Et il n'est pas encore de retour? demanda-t-il.

— Non, monseigneur.

— Eh bien! voici ce que j'exige de toi : tu vas faire en sorte de rester à la ferme et de guetter l'arrivée de cet homme; aussitôt que tu l'auras vu entrer, tu viendras me prévenir ici. Va, et si tu t'acquittes comme il faut de cette commission, je te donnerai une autre pièce d'or.

Sulpice ne se fit pas répéter ces instructions; il rebroussa chemin tandis que le gentilhomme se laissait tomber au pied d'un arbre, roulant dans sa tête mille projets de vengeance contre celui qui avait usurpé ses droits et jusqu'à son titre d'époux.

Il y avait déjà assez longtemps qu'il était là, réfléchissant à ce sombre drame dont il était l'un des acteurs, lorsque son attention fut soudainement attirée par la présence d'un laquais qui s'avançait en hésitant vers lui, son chapeau à la main.

La vue de cet homme le tira brusquement de sa rêverie.

— Eh bien! que fais-tu là? que veux-tu? s'écria-t-il.

— Monsieur, pardonnez-moi si je vous dérange, dit le laquais un peu déconcerté, c'est que vous m'aviez recommandé de vous attendre...

— Oui! et pourquoi es-tu ici? où sont tes chevaux?

— Monseigneur, ils sont là-bas attachés solidement; mais c'est justement à cause d'eux que je voulais savoir si vous vouliez me permettre d'entrer un moment dans cette ferme : les pauvres bêtes ont faim, et moi aussi.

— Je t'ai dit de ne pas te montrer tant que le moment ne serait pas venu de le faire, et tu vas retourner immédiatement auprès de tes chevaux.

Le laquais poussa un soupir à fendre une pierre, soupir qui prouvait surabondamment qu'il avait plus que ses chevaux le désir de se restaurer, et il se disposait à obéir lorsque Sulpice revint en toute hâte de la ferme se présenter devant son maître.

— Eh bien? fit celui-ci.

— Il est de retour, monseigneur.

— Enfin!

— Puis, s'adressant à son laquais :

— Dans dix minutes tu pourras me rejoindre à la ferme, lui dit-il; va! Quant à toi, mon garçon, continua-t-il en parlant à Sulpice, voici ce que je t'ai promis.

Et il lui donna un second louis.

— Maintenant, dit-il, marchons! et que Dieu nous protège!

— Tous deux se dirigèrent vers la ferme.

Laissons-les continuer leur chemin, et apprenons enfin au lecteur par quel concours de circonstances les trois personnages que nous avons vu entrer à la ferme des Coudriers y furent amenés.

***

On était en pleine régence.

Il y avait un an que le grand roi était mort, et déjà les courtisans de Philippe d'Orléans, empressés de jeter loin d'eux le masque d'hypocrisie dont ils avaient été obligés de se couvrir pendant les dernières années du règne de Louis XV, commençaient à se plonger dans les honteuses saturnales et les turpitudes qui devaient faire des sept ou huit années qui précédèrent la majorité du roi une époque sans précédent dans l'histoire, au point de vue du relâchement des mœurs.

Epoque fâcheuse s'il en fut, qui offrit au monde entier le désolant spectacle d'un dérèglement qui s'étendit de la classe des grands à celle de la bourgeoisie, et jeta parmi celle du peuple tous les germes des vices qu'il contenait.

Assez de fois des plumes éloquentes et persuasives ont retracé le tableau de ces huit années de dépravation et de débauches pour que nous nous dispensions d'en faire ici le récit.

Cependant, comme les événements dont nous avons à rendre compte appartiennent au domaine de l'histoire, nous sommes obligés de mentionner en quelques lignes l'état de corruption morale dans lequel entrait la majeure partie du corps de la noblesse française, malheureusement trop poussée dans cette voie funeste qui devait aboutir aux règnes de la Pompadour et de la Dubarry.

Par l'exagération d'une fausse vanité, les gens de qualité en étaient venus à croire que leur naissance les plaçait en dehors des lois de la société, et qu'ils pouvaient, grâce aux priviléges dont ils pensaient être suffisamment investis, se livrer sans frein ni règle à toutes les fantaisies, à tous les caprices, voire même à tous les actes répréhensibles pour tous autres et facilement excusables pour eux.

Sans respect pour les principes fondamentaux de la morale et de l'équité, ils voulurent s'affranchir des liens sociaux, et ne s'aperçurent pas qu'ils marchaient tête baissée au-devant de l'abîme qui devait les engloutir.

Le régent Philippe et le cardinal Dubois, ces deux héros de libertinage dont la vie privée soulève une unanime réprobation, servaient alors de modèles à tous ces fous qui briguaient l'honneur d'être admis à partager leurs plaisirs, et qui se décernaient à eux-mêmes la qualification de *roués*.

Tous deux gouvernaient l'Etat, on sait de quelle façon.

La longue contrainte imposée aux courtisans par la vieillesse de Louis XIV était finie; une sorte de réaction aveugle s'était opérée, et c'était à qui se lancerait à corps perdu au milieu du tourbillon des fêtes et des orgies.

On eût dit qu'un souffle infernal était venu raviver toutes les passions et tous les appétits endormis, en les conviant à des jouissances sans fin et à des voluptés désordonnées.

Voilà quel était à peu près l'état de la cour du régent, animée d'un seul désir, celui de métamorphoser le devoir en plaisir et de lui

Le cardinal Fleury.

sacrifier sans honte ni respect, fortune, honneur, considération et dignité de soi-même.

Oh ! nous l'avons dit, ce fut une singulière époque que celle de la régence.

Or, parmi les plus élégants gentilshommes qui, sans rivaliser de folies et de débauches avec les compagnons du feu régent, eussent cru déroger au rang qu'ils tenaient à la cour s'ils n'avaient eu au moins quelque fille d'Opéra à entretenir ou partagé les faveurs de deux ou trois dames de qualité ; le baron Julien de Montlieu faisait exception.

Marié à une femme qu'il aimait avec la sincérité de cœur d'un simple bourgeois, on ne lui connaissait aucune intrigue, et il avouait à qui voulait l'entendre que jamais son cœur n'avait battu pour d'autre femme que la sienne.

On pense si un pareil aveu réjouissait ceux qui l'entendaient faire.

C'était si plaisant, que nombre de gens refusaient d'y croire, et il n'était pas une femme fréquentant Versailles qui ne voulût voir de près ce phénix des époux.

La chronique du temps ajoute que plusieurs de celles qui avaient témoigné le désir de connaître M. de Montlieu étaient attirées non-seulement par la curiosité, mais aussi par le désir de faire mentir en leur faveur cette fidélité à toute épreuve.

Il peut y avoir du vrai dans cette assertion, mais nous ne saurions l'affirmer.

Toujours est-il que cette réputation de mari sans reproche excitait une surprise universelle, et, chose singulière, elle s'étendait à Mme de Montlieu, qui, de son côté, passait pour une femme dont la conduite était également à l'abri de tout blâme.

Décidément, il fallait qu'un charme secret protégeât ce ménage modèle d'amour conjugal.

Car, outre que cette façon d'être était tout à fait bourgeoise et de mauvais goût, c'était donner une pauvre idée des moyens de séduction des hommes et des grâces attrayantes des dames, qui restaient sans effet devant la double vertu de M. et de Mme de Montlieu.

Aussi n'était-ce qu'un *tolle* général contre eux, et qu'un cri de vengeance de la part de tous ceux qui avaient besoin de s'autoriser de l'exemple des autres pour faire excuser leurs peccadilles.

Et le nombre en était grand.

Or, un beau jour que M. le duc de Richelieu avouait au régent qu'il avait échoué contre la vertu de Mme de Montlieu, celle-ci ayant refusé de grossir le nombre de ses maîtresses, Philippe songea au moyen de rompre le lien conjugal qui semblait si fort enlacer les deux époux, et une idée lumineuse traversa son esprit.

Il se hâta d'en faire part au compagnon ordinaire de ses plaisirs.

— Ainsi, duc, lui dit-il, votre habileté en matière de galanterie n'a pu réussir à vaincre les scrupules de la belle Mme de Montlieu?

— Hélas ! non, monseigneur !

— Mais savez-vous que cet échec compromet singulièrement la brillante renommée que vos succès passés vous ont acquise ?

— Je le sais, monseigneur, mais qu'y faire?

— Tenter de nouveau l'aventure, parbleu!

— J'y ai songé; mais c'est impossible. Cette femme-là n'est pas, comme chacun le croit, un dragon de vertu : c'est une femme d'une froideur désespérante, sans aucune ambition, et qui se complaît dans son auréole de sagesse pour avoir le droit de mépriser celles qui, fort heureusement pour nous, n'ont pas la même façon d'envisager les choses.

— Mais, duc, s'il en est ainsi, une semblable conquête doit vous tenir au cœur, car c'est double plaisir que de subjuguer le cœur d'une femme et la forcer à reconnaître qu'il n'y a pas de parti pris qui tienne devant la passion,

— Eh ! monseigneur, je suis loin de dire que je n'éprouve pas un vif dépit de n'avoir pas réussi ; mais, je le répète, depuis quinze jours je cherche un expédient qui me permette de la réduire.

— Et vous n'avez rien trouvé ?

— Je suis forcé d'en convenir.

— Allons, reprit le régent avec un soupir, je vois qu'il faudra que je vous aide; en vérité, je me demande comment un mari jaloux a suffi pour vous faire battre en retraite.

— Il y en a si peu maintenant, monseigneur ! fit le duc avec un véritable accent de sincérité.

— C'est vrai; mais voyons, que puis-je contre celui-là?

— Ah ! monseigneur, si vous daignez venir à mon secours, je suis sauvé, car il y a un moyen de me débarrasser de ce mari gênant qui ne manque jamais.

— Lequel est-ce ?

— C'est d'envoyer pendant un mois le drôle à la Bastille.

— A la Bastille ! un gentilhomme tel que M. de Montlieu?... Diable, ceci me paraît scabreux... S'il s'agissait de quelque bourgeois récalcitrant, passe encore...; mais un homme de qualité..., y pensez-vous !

Et une légère nuance de mécontentement avait remplacé sur le front de Philippe l'expression de bonne humeur qu'on y voyait un instant auparavant.

— Pardonnez-moi, monseigneur, mais c'est ce que j'avais trouvé de plus sûr et de plus expéditif.

— Moi, je crois avoir rencontré quelque chose de beaucoup plus sage et qui aura le double avantage d'éloigner Mme de Montlieu de son mari et de donner à celui-ci l'occasion de prouver s'il est véritablement homme à servir nos intérêts.

— En ce cas, monseigneur, vous aurez une fois de plus montré la supériorité de vos conceptions. J'écoute avec la plus profonde attention.

— Il s'agit tout simplement de confier à M. de Montlieu une mission secrète qui l'obligera à demeurer à l'étranger assez longtemps pour que sa femme ait le loisir de regretter son absence et éprouve le désir d'en être consolée.

— Bravo, monseigneur !

— Justement, j'ai besoin d'envoyer un homme sûr à la cour de Vienne pour obtenir des renseignements qui me sont nécessaires : M. de Montlieu est celui qu'il me faut ; dans huit jours il partira.

— Ah ! monseigneur, je vous devrai tout le bonheur que j'espère obtenir de cette belle inhumaine.

— Au moins, duc, n'allez pas devenir sérieusement amoureux !

— Ne craignez rien, monseigneur ; mon cœur aime les voyages, mais il revient toujours des pays qu'il visite, poussé par la curiosité d'en connaître d'autres.

— Duc, vous ne serez jamais qu'un mauvais sujet !

— Votre Altesse sait que c'est la seule gloire que j'ambitionne, répondit effrontément Richelieu.

— Et vous n'avez manqué aucune occasion de l'acquérir, je le sais ; mais, prenez-y garde, si, avec l'assistance que je vous accorde, vous ne triomphez pas de Mme de Montlieu, je vous tiens à l'avenir pour un écolier.

— Je ferai en sorte de me rendre digne de vos bontés, monseigneur, répondit Richelieu en souriant.

Et il prit congé du régent, en se promettant bien de ne rien négliger pour sortir victorieux de la lutte qu'il allait engager.

— Allons, se dit-il, nous verrons si, dans un mois d'ici, M. le baron de Montlieu osera soutenir qu'il est le seul gentilhomme de la France qui n'ait rien à redouter des infortunes conjugales, et la jolie Antoinette saura ce qu'il en coûte pour résister à M. de Richelieu !

IV

Du danger qu'il y a de trop se presser lorsqu'on fait ses préparatifs de départ, et des graves inconvénients qui peuvent en résulter.

A la suite de l'édifiante conversation qui avait eu lieu entre M. le duc de Richelieu et le régent, M. de Montlieu avait été mandé par ce dernier, qui, après l'avoir longuement entretenu des intrigues de la maison d'Autriche avec les diverses cours sans cesse occupées du soin d'amoindrir l'influence de la France, lui fit part de l'intention dans laquelle il était de l'envoyer à Vienne, à l'effet de s'informer du sujet de la division qui paraissait devoir se faire entre l'archiduc et le sacré collége.

Surpris d'abord par cette ouverture à laquelle il était loin de s'attendre, M. de Montlieu tenta de décliner la faveur qui lui était offerte, en s'excusant sur son peu d'habitude de traiter ces sortes d'affaires ; mais Philippe d'Orléans, en applaudissant à ces scrupules qui dénotaient une louable modestie, lui donna à entendre qu'il n'était pas accoutumé à voir refuser les honneurs ou les emplois qu'il lui plaisait de donner, et il ne lui resta plus qu'à recevoir les instructions relatives à la conduite qu'il aurait à tenir à la cour autrichienne.

Le jour de son départ fut fixé ; le régent lui remit cinq cents louis pour son voyage et une lettre de créance qui le qualifiait d'agent du roi.

La mission était secrète.

M. de Montlieu devait passer en Allemagne en fugitif qu'une affaire d'honneur obligeait de quitter la France : il ne pouvait songer à emmener sa femme; d'ailleurs, en eût-il eu la pensée, qu'il n'eût pu la mettre à exécution, la recommandation de partir seul lui ayant été formellement faite.

Huit jours plus tard, il était sur la route de Vienne.

M. le duc de Richelieu allait pouvoir mettre le siége devant la place qu'il s'était promis de conquérir.

Or, on sait que les places qu'il attaquait ne lui résistaient guère.

Il était donc présumable que celle-là subirait le sort des autres.

Cependant, un mois environ après son entretien avec le régent, le duc se présenta devant lui avec l'air penaud d'un homme qui vient d'essuyer une mortification.

— Eh bien ! duc, lui demanda celui-ci, où en êtes-vous avec Mme de Montlieu ?

— Monseigneur, j'en suis à regretter que Votre Altesse se soit donné la peine de seconder mes desseins.

— Comment ! depuis un mois vous n'êtes pas plus avancé ?

— Oh ! si ; je sais maintenant à quoi m'en tenir sur le compte de la vertu de Mme de Montlieu.

— Vraiment ! l'auriez-vous forcée à capituler ?

— Moi ! non, monseigneur ; mais j'ai acquis la certitude que l'obstacle ne venait en aucune façon du mari, et que l'absence de celui-ci n'avait fait que m'ôter tout espoir d'arriver au but que je me proposais d'atteindre.

— Duc, si vous n'êtes pas plus intelligible, il me sera impossible de vous comprendre.

— Eh bien ! monseigneur, fit soudain Richelieu en s'animant, figurez-vous qu'en éloignant M. de Montlieu de sa femme, nous avons tout simplement laissé le champ libre à un homme qu'elle aime, et qui ne souhaitait que cet éloignement pour jouir paisiblement du bonheur que j'espérais.

— Comment ! duc, Mme de Montlieu, cette chaste Lucrèce, aurait un amant ?

— Oui, monseigneur, et un gentilhomme bien connu de Votre Altesse : c'est le comte de Blancheroy.

— Lui ! un homme qui a déjà dissipé deux patrimoines, et qui passe pour être aussi mauvais sujet que vous. Ah ! palsambleu ! le tour est bon !

— Vous trouvez, monseigneur ?

— Et c'est vous, mon pauvre duc, qui vous êtes si facilement laissé prendre aux grands airs de Mme de Montlieu ! Ah ! d'honneur, continua-t-il en riant avec abandon, vous devez être furieux ?

— Ma foi, monseigneur, je le confesse, je le suis, et vous conviendrez avec moi qu'il y a bien de quoi.

— Mais, de grâce, racontez-moi comment vous avez été instruit de l'existence de votre rival.

— Volontiers, monseigneur. Un soir de la semaine dernière, grâce à la rondeur d'une bourse qui avait su m'assurer le dévouement d'une fille de chambre de Mme de Montlieu, j'avais pu m'introduire pendant l'absence de sa maîtresse, qui se refusait à me recevoir, dans un cabinet attenant à la chambre à coucher, espérant pouvoir me faire pardonner mon audace, en me jetant à ses genoux lorsqu'elle rentrerait, et comptant un peu sur son premier moment de surprise pour ne pas lui donner le temps de se reconnaître, lorsque je l'entendis vers minuit se diriger vers la chambre communiquant à ma cachette. Ah ! je vous avouerai, monseigneur, que mon cœur battait singulièrement à son approche ; mais malheureusement elle n'était pas seule. M. le comte de Blancheroy l'accompagnait.

— Ah ! c'est charmant, interrompit le régent, et ensuite ?

— Eh bien ! ensuite, monseigneur, le comte ne ressortit pas, et je dus attendre le retour de l'aurore pour m'esquiver, en profitant du moment où le sommeil régnait en maître dans l'alcôve de Mme de Montlieu ! Ah ! la vertu des femmes, monseigneur, je ne crois pas même à celle des laides !

C'était un triste moraliste que M. de Richelieu, et le lecteur ne nous fera pas l'injure de croire que nous partageons sa façon de penser ; mais, tout en ayant le tort, assez commun d'ailleurs, de juger la généralité des femmes sur la conduite de quelques-unes, il avait eu, certes, lieu d'être surpris de celle de Mme de Montlieu.

Eh ! mon Dieu oui, Mme de Montlieu n'avait pas su mériter la grande réputation que chacun lui accordait de confiance ; et tandis que son époux attendait impatiemment en Autriche qu'il lui fût permis de revenir en France auprès de la femme qu'il chérissait, Mme de Montlieu se consolait de son absence dans les bras d'un autre.

Mais il faut dire, toutefois, que ça n'avait pas été sans combat de sa part. Bien avant le voyage de son mari, elle était en butte aux instances du comte de Blancheroy, qui la poursuivait sans relâche depuis plus de six mois.

Elle avait toujours résisté, et elle eût peut-être fini par l'obliger à adresser ailleurs ses œillades et ses soupirs, lorsque la mission confiée à M. de Montlieu la laissa livrée à elle-même et sans défense contre les entreprises du comte, qui chaque jour devenait plus pressant, et finit par profiter de on ne sait quelle circonstance inattendue et favorable à ses desseins, pour en arriver à ses fins.

Dieu sait combien de larmes furent versées à la suite de la seule faute que la jeune femme avait à se reprocher; mais l'amour du comte paraissait si vrai et si désintéressé, que peu à peu elles tarirent et cessèrent jusqu'au moment où une terrible révélation vint se faire à son esprit, jusqu'au jour enfin où elle s'aperçut qu'elle portait dans son sein le gage de la passion du comte.

Alors ce fut pour elle un tourment de toutes les heures.

La pensée d'introduire dans la maison de son mari un enfant qui ne serait pas le sien, et qui partagerait avec son fils légitime les caresses paternelles, lui était odieuse.

Et d'ailleurs il lui était interdit d'y songer.

L'enfant à naître verrait le jour un an après le départ de son mari.

Il fallait absolument dissimuler cette naissance.

Ce fut alors qu'elle s'adressa tout naturellement au comte, en le conjurant de l'aider à cacher aux yeux de tous le résultat de leur faute commune.

Mais celui-ci reçut l'annonce de ce futur événement avec un déplaisir marqué; l'expectative d'une paternité illégitime lui souriait médiocrement. Cependant il rassura tant bien que mal Mme de Montlieu sur les suites de la catastrophe dont elle redoutait l'issue. Il lui promit de tout préparer pour la recevoir dans une terre qu'il possédait dans le pays d'Aunis, et dans laquelle elle passerait le temps nécessaire à son entier rétablissement, en prétextant un voyage dont nul ne saurait le véritable motif.

Le mari était à Vienne; il n'était pas possible qu'il apprît ou même soupçonnât ce qu'on avait tant d'intérêt à lui cacher.

L'enfant serait confié aux soins d'une paysanne qui l'élèverait en secret.

Tout cela fut débattu et arrêté entre les deux amants trois mois avant le terme prévu pour la délivrance de la jeune femme.

Mais un incident fortuit vint tout à coup déranger ce plan.

Son Altesse le duc d'Orléans se rappela un jour que la mission dont il avait chargé M. de Montlieu était à peu près inutile et il lui fit parvenir l'ordre de revenir en France.

On pense quelle fut la joie de celui-ci, qui allait enfin être rendu à la femme qu'il adorait.

Son premier soin fut de la prévenir de sa prochaine arrivée.

Ce fut un coup de foudre pour Mme de Montlieu.

Il n'y avait pas à hésiter, il fallait prendre l'avance et s'enfuir; avouer la faute commise, elle n'y songea même pas; se soustraire à la présence de son mari était le seul parti auquel elle pût s'arrêter.

Le comte trouva l'expédient hardi.

— Que dira M. de Montlieu lorsqu'il apprendra votre départ? objecta-t-il à Antoinette qui le pressait de tout faire préparer pour sa fuite.

— Ne pourrait-on pas lui faire croire qu'un voyage à la mer m'a été ordonné pour rétablir ma santé chancelante depuis qu'il a quitté la France? répondit-elle; et d'ailleurs, ne faut-il pas que je m'éloigne à tout prix? Aimeriez-vous mieux qu'il connût la vérité et qu'il me tuât.

Si toutes les femmes qui sont dans cette position-là, pensa le comte, étaient tuées par leurs maris, la cour du régent ne serait bientôt peuplée que d'hommes! Mais il se contenta de faire cette réflexion *in petto*, et témoigna à Mme de Montlieu son désir de lui procurer les moyens de hâter son départ.

Il fut convenu qu'il s'en irait devant, afin d'empêcher tout soupçon, et qu'il l'attendrait à Tours, d'où il lui écrirait pour qu'elle eût à venir le rejoindre, et qu'ils feraient ensemble la route jusqu'au lieu de leur destination.

Ce projet arrêté, le comte partit. Arrivé à Tours, il adressa à Mme de Montlieu une lettre qui la prévenait de son arrivée et l'invitait à se mettre en route.

Aussitôt cette lettre reçue, la jeune femme embrassa son jeune fils et s'en alla.

Elle n'avait pas fait vingt lieues que, soit fatigue du voyage, soit l'émotion que lui causait cette fuite précipitée, elle ressentit les douleurs qui semblaient annoncer une prochaine délivrance.

Mais elle crut se tromper : le terme de sa grossesse ne pouvait encore être venu; et lorsque le comte, qu'elle avait rejoint, l'eut affermie dans la croyance que ce qu'elle prenait pour les avant-coureurs de l'événement à survenir n'était autre chose que la suite de son déplacement forcé, elle n'hésita pas à continuer son voyage.

La première journée de marche se passa sans incident; mais, dès le commencement de la seconde, les douleurs reparurent, et cette fois avec tant de force qu'elle ne put conserver aucune illusion sur son état.

Elle eût voulu rétrograder et regagner Poitiers, la dernière ville qu'ils avaient traversée.

Mais la distance franchie était trop longue.

Alors elle résolut de s'arrêter au premier relais.

C'était encore quelques lieues à faire, elle dut abandonner ce dessein. Elle avait trop présumé de ses forces : les cahots de la voiture lui imprimaient des souffrances intolérables.

Il fallut chercher un gîte, quel qu'il fût.

On sait comment, en s'adressant au berger Pamphile, les voyageurs purent en trouver un à la ferme des Coudriers, et comment la malheureuse femme y mourut par suite du saisissement qu'elle éprouva à la vue de son mari. Il nous reste à faire connaître comment celui-ci avait pu suivre la trace des fugitifs et arriver presque aussitôt qu'eux à cette ferme isolée, où il paraît impossible qu'il fût venu dans l'espérance de les y rencontrer, puisque eux-mêmes ne s'y étaient arrêtés qu'à la suite de circonstances indépendantes de leur volonté.

M. de Montlieu revenait donc de Vienne à Paris, et bien des fois, pendant son voyage, il avait maudit la lenteur du postillon, qui ne franchissait pas assez vite à son gré la distance qui le séparait de sa femme.

Et, pour surprendre agréablement celle-ci, du moins il le croyait, il lui avait annoncé son départ de la capitale autrichienne, alors qu'il était déjà à moitié chemin.

Il arriva à Paris le jour même où Mme de Montlieu le quittait pour se rendre à Saint-Aubin, après avoir eu la précaution de dire à tous les gens de sa maison qu'elle allait au-devant de son mari.

Certes, c'était une louable intention; mais le baron, sans la désapprouver au fond, la trouva assez singulière, toutefois.

Comme il n'avait aucune raison de n'y pas croire, il était tout prêt à excuser ce qu'elle pouvait avoir d'insolite, lorsqu'un incident fortuit vint tout à coup lui apprendre la vérité.

Toujours dans le but de plaire à sa femme, qui avait dû tant s'ennuyer pendant l'année qu'il avait passée loin d'elle, M. de Montlieu lui avait apporté un magnifique écrin qu'il se proposait de lui offrir en même temps que le premier baiser qu'il déposerait sur son front.

Ne pouvant le lui donner, puisqu'elle n'était pas là pour le recevoir, il imagina de placer cet écrin sur sa toilette en bois de rose, devant laquelle Antoinette allait s'asseoir aussitôt son lever.

Un mouchoir et une lettre, celle qui la prévenait de son arrivée probablement, étaient posés sur le coin du meuble, comme si, après avoir été mis là pour être emportés, ils eussent été oubliés.

Il plaça les bijoux à côté du mouchoir et jeta un coup d'œil furtif sur la lettre.

Elle était d'une écriture qui lui sembla inconnue.

Il la prit et la déplia.

Un cri de stupeur s'échappa de ses lèvres.

C'était la missive par laquelle le comte de Blancheroy annonçait à Mme de Montlieu qu'il était à Tours, logé à l'*hôtel de France*, où il l'attendait, afin de partir ensemble pour Saint-Aubin. Il la conjurait de ne pas perdre de temps, et lui témoignait de l'inquiétude qu'il ressentait de la voir entreprendre ce voyage en raison de son état de grossesse.

Les termes de cette lettre étaient assez explicites pour qu'il ne restât à l'époux trompé aucune illusion sur la conduite qu'avait tenue sa femme en son absence.

Il était bien et dûment ce que tant de seigneurs de la cour de France savaient être, et ne point s'en fâcher.

Mais ceux-là, complétement affranchis de toute servitude conjugale, avaient donné eux-mêmes l'exemple de l'oubli du devoir, et ne pouvaient que s'en plaindre à eux si celles-ci les avaient suivis dans la voie du désordre et du libertinage.

M. de Montlieu était dans un cas bien différent.

Il aimait véritablement sa femme, et il croyait en être aimé.

On juge de l'impression qu'il dut ressentir à la lecture de la fatale lettre que Mme de

Montlieu ne songeait guère avoir laissée par mégarde exposée à ses regards.

Ce ne fut pas seulement de la colère, ce fut de la fureur mêlée de désespoir.

Puis il resta anéanti sous la force du coup qui le frappait.

Mais soudain le désir de la vengeance s'éveilla dans son âme, désir ardent, impétueux, devant lequel s'effaça tout autre sentiment.

— Oh! je les tuerai tous deux! s'écria-t-il avec rage; oui, ils croient pouvoir jouir impunément de leur criminel amour, mais ils paieront de la vie leur trahison!

Et, sans plus attendre, sans prendre aucun souci de la mission dont il avait à rendre compte au régent, il demanda des chevaux, prit son épée et ses pistolets, garnit d'or ses poches, et, suivi d'un seul laquais, il sortit de l'hôtel pour se mettre à la poursuite des coupables.

— Oh! je les atteindrai avant qu'ils soient arrivés, dit-il en sautant en selle, et, dussé-je ne pas mettre pied à terre avant de les avoir rejoints, j'y parviendrai.

Grâce à l'or qu'il prodigua sur son chemin, il se procura des chevaux qui le menèrent à franc étrier.

Il n'y avait que quelques heures que les fugitifs étaient partis de Tours lorsqu'il y arriva.

Quelle route avaient-ils prise pour gagner Saint-Aubin? Il l'ignorait; mais, toujours aidé par le talisman dont l'effet est si sûr, il put bientôt retrouver leurs traces et toucher à tous les endroits où ils s'étaient arrêtés, gagnant toujours quelque chose sur l'avance qu'ils avaient.

Cependant à Saintes, où il espérait enfin les atteindre, il ne les découvrit point; en vain il interrogea les maitres de poste, les hôteliers placés sur le parcours qu'avait dû nécessairement suivre la voiture, il ne put recueillir aucun indice, et cependant, grâce aux renseignements qu'il avait pu se procurer tout le long du chemin, il était en mesure de désigner jusqu'à la couleur de la berline qui les emportait.

Il n'était pas possible qu'ils eussent pris une autre route.

Leur passage avait dû avoir lieu en plein jour.

Si nul ne l'avait remarqué, c'est qu'il ne s'était pas effectué.

Evidemment, ils s'étaient arrêtés quelque part.

A Tours, où il avait failli les surprendre, les gens du relais à qui il s'était informé d'eux lui avaient appris que la dame du voyageur après lequel il demandait paraissait fort souffrante.

Cela pouvait expliquer la halte qu'il soupçonnait.

Il revint donc sur ses pas, interrogeant à chaque auberge et se renseignant auprès de chaque personne qu'il rencontrait.

Ce fut de la sorte qu'il s'adressa à Pamphile.

Le berger tenait encore dans sa main le petit écu qu'il devait à la générosité du voyageur qu'il avait conduit à la ferme des Coudriers, et il s'occupait toujours à le considérer, lorsqu'il vit s'approcher de lui M. de Montlieu, suivi de son laquais.

Le premier mouvement de Pamphile fut de glisser sa pièce au fond de sa besace de toile.

Le baron lui demanda s'il n'avait pas vu passer la berline qu'il lui dépeignit.

Pamphile se prit à rire niaisement :

— Béda! si je l'ai vue, oui! et les biaux seigneurs qu'étions d'dans aussi, et qu'elle était malade la pauvre dame du bon Dieu, et qui m'ont baillé un écu pour les conduire à la ferme, béda!

— Enfin, s'écria M. de Montlieu, je les tiens!

Et il se fit indiquer le chemin qu'ils avaient pris.

Pamphile, qui avait gagné gros à mener les premiers voyageurs chez la Simonne, s'offrit pour accompagner ceux-ci, mais le gentilhomme ne voulut point y consentir; toutefois, Pamphile n'y perdit rien, car un autre petit écu tomba dans sa main.

Cette fois, il faillit devenir fou de joie!

M. de Montlieu craignit d'effaroucher les oiseaux en approchant du nid; il s'avança dans la direction que lui avait désignée le berger; mais aussitôt qu'il fut à même d'apercevoir la ferme, il mit pied à terre, confia son cheval aux soins de son laquais et marcha seul vers l'habitation, après avoir intimé à celui-ci l'ordre de l'attendre.

On le salua du titre de médecin lorsqu'il s'y présenta.

Il laissa faire et demanda à être introduit auprès de la malade.

On sait ce qu'il en résulta.

V

Comment le garçon de labour Sulpice rendit un service à un gentilhomme, et de la détermination qu'il prit ensuite.

Lorsque M. de Montlieu retourna à la ferme sur l'avis que Sulpice lui en donna, qu'il y rencontrerait le prétendu mari de la morte, M. de Blancheroy venait, en effet, d'y arriver en compagnie du médecin.

Le premier mouvement de Mme Simonne, qui savait maintenant une partie de la vérité, avait été de s'opposer à ce que le comte entrât dans la chambre mortuaire.

— Monseigneur..., lui dit-elle avec un certain embarras.

— Eh bien !

— Il est venu quelqu'un, en votre absence, qui est monté auprès de madame.

— Quelqu'un, dites-vous ?

— Oui, monseigneur, un gentilhomme.

— Un gentilhomme?... Que signifie? Voyons, parlez.

— Eh bien ! dit enfin la Simonne en surmontant son hésitation, c'est le mari de la dame qui est là-haut.

— Son mari ! s'écria M. de Blancheroy ; mais comment savez-vous ? Allons donc ! vous êtes folle, ma brave femme, se hâta-t-il de répondre.

Puis, s'adressant au médecin qui le suivait :

— Venez, lui dit-il.

La fermière se plaça devant la porte.

— Au nom du ciel, monseigneur, n'entrez pas.

— Mais, encore une fois, vous avez perdu l'esprit.

— Oh ! monseigneur, si vous saviez !

— Mais, enfin, que s'est-il donc passé ?

— Hélas ! monseigneur, tout est fini.

— Quoi ! elle est mère ?

La Simonne ne répondit pas.

— Et l'enfant, est-ce un garçon ?

— C'est une fille, monseigneur.

— Une fille ! Oh ! je veux la voir.

— Monseigneur...

— Encore !

— Venez, venez ! monsieur.

Et, sans s'arrêter davantage aux observations de la Simonne, il pénétra chez Antoinette.

Le médecin s'avança vers le lit.

— Mais cette femme est morte, s'écria-t-il.

— Morte ! exclama le comte avec un éclat de voix terrible. Oh ! mon Dieu ! Et il se précipita sur le corps inanimé de sa maîtresse.

— Elle a dû succomber à la suite de quelque émotion violente, reprit le médecin après un moment d'examen.

Le comte songea à ce que la Simonne lui avait dit touchant l'arrivée de M. de Montlieu, et il exigea d'elle la relation exacte des événements survenus pendant qu'il était allé à Saint-Jean-d'Angély.

La fermière lui en fit le récit fidèle, et lui expliqua comment le saisissement produit par l'apparition subite du mari avait tué la jeune femme avant qu'il fût possible de lui porter aucun secours.

M. de Blancheroy entendit cette triste narration la mort dans l'âme, et, oubliant que si quelqu'un avait à punir et à venger, c'était le mari offensé, il s'emporta en imprécations contre M. de Montlieu, qu'il accusa du meurtre de sa femme.

— Oh ! le misérable ! s'écria-t-il, lui reprocher sa faute dans un pareil moment, c'est de la lâcheté !

Et, comme si la terrible punition qui avait frappé la malheureuse victime de la jalousie conjugale eût ravivé son amour, ce fut avec une véritable émotion qu'il jeta de nouveau les yeux sur le cadavre d'Antoinette.

— Pauvre enfant ! s'écria-t-il, elle m'aimait bien !

Mais ce ne fut qu'un éclair de sensibilité ; bientôt son naturel égoïste reparut.

— Allons, fit-il, puisque l'époux a repris ses droits et que la mort a passé sur mes amours, je n'ai plus qu'à m'éloigner !

La Simonne le regarda avec surprise.

Quant au médecin, il avait compris que sa présence était inutile et il s'était discrètement retiré.

— Monsieur, hasarda la fermière, et cette pauvre innocente petite fille ?

— Son enfant ! le mien !... Oui, vous avez raison, répondit le comte visiblement em-

Il arma un de ses pistolets et tira. (Page 27.)

barrassé ; mais j'étais loin de m'attendre à cet événement... Je ne sais comment faire..., et puis, d'ailleurs, il l'a vue ; il voudra peut-être s'en emparer.

— Oh ! monseigneur, il m'a dit que jamais il ne voudrait même entendre parler d'elle; et si vous abandonnez ainsi cette pauvre créature du bon Dieu, qui donc en prendra soin ?

L'accent de la Simonne partait du cœur ; elle était indignée de l'indifférence glaciale de cet homme, qui ne trouvait pas une larme pour celle qui l'avait rendu père, et ne songeait pas seulement à embrasser son enfant.

Le comte réfléchit un moment.

— Oui, c'est à moi de veiller sur elle, reprit-il ; mais j'ai besoin de votre aide pour cela : il faut que vous vous chargiez de trouver quelque femme qui l'élève jusqu'à ce que je puisse l'appeler auprès de moi ; tenez ! prenez ceci, ajouta-t-il en tirant de l'or d'une bourse, et dans quelques mois je reviendrai...

La Simonne fit un geste de mépris ; elle comprenait la paternité d'une autre façon.

— Gardez cet or, monseigneur, lui dit-elle : il sera toujours temps, quand il vous plaira de venir à la ferme des Coudriers vous assurer que la petite ne manque de rien, de me rembourser ce que j'aurai dépensé pour elle.

— Mais, enfin, celle qui la nourrira devra être payée.

— Ceci me regarde, monseigneur; plus tard...

— Soit, dit le comte, qui ne voulut pas insister, dans la crainte de laisser voir qu'il avait l'intention de ne jamais reparaître à la ferme; je vous ferai tenir, chaque mois, la somme nécessaire à son entretien.

Et, désireux de quitter au plus vite cette maison dans laquelle s'était si tristement dénoué le roman de ses amours avec Mme de Montlieu, il s'empressa de redescendre dans la cour, où l'attendait la berline qui l'avait amené.

Mais, au moment où il allait donner au postillon l'ordre de disposer les chevaux, un homme, qui se tenait blotti dans l'angle de la porte, apparut soudain devant lui.

C'était M. le baron de Montlieu.

— Monsieur le comte, lui dit celui-ci en maîtrisant à peine la colère qui se lisait dans son regard, un mot, s'il vous plaît.

— Parlez, monsieur, répondit le comte, qui pâlit légèrement.

— Dans l'espace d'un an, monsieur, vous avez profité de mon séjour à l'étranger pour commettre deux infamies.

— Monsieur!... interrompit le comte.

—D'abord, vous avez commencé, poursuivit M. de Montlieu, par me voler l'amour d'une femme que j'aimais tendrement, et dont la vertu égalait la beauté; ensuite, vous avez su, après avoir fait votre maîtresse de cette femme, l'obliger à vous suivre pour cacher le fruit de votre double crime; et, aujourd'hui, vous avez assez de bassesse au cœur et de lâcheté dans l'âme, pour abandonner l'enfant dont la naissance a coûté la vie à celle que vous avez séduite; puis, comme si ce n'était pas encore suffisant d'avoir amassé tant de honte, vous fuyez pour éviter que je vous demande compte de l'affront fait à mon honneur perdu et de la vie de celle dont vous avez causé la perte. En vérité, monsieur, je me demande si je ne suis pas le jouet de quelque sinistre songe, et s'il est possible que vous soyez réellement un gentilhomme.

— Monsieur, exclama impétueusement le comte, de pareilles insultes ne peuvent rester impunies!

— Assez, monsieur! C'est à moi de parler haut et de vous dire qu'il faut qu'un de nous meure.

— Vive Dieu! monsieur, c'est vous qui l'aurez voulu, mais je vous tuerai...

— En garde donc, monsieur!

Et il fit le geste de tirer son épée.

— Y pensez-vous? reprit le comte. Ici, dans cette ferme?

— Oui, vous avez raison. Venez, nous trouverons, ici près, un bois où nul ne viendra nous déranger.

— Je vous suis, monsieur.

M. de Montlieu sortit.

Le comte s'approcha de la berline, l'ouvrit, prit dans les poches de l'intérieur une paire de pistolets qu'il glissa dans celles de son habit; puis, après avoir échangé à voix basse quelques mots avec le postillon, il se dirigea sans affectation du côté où M. de Montlieu venait de s'engager.

Le bruit de cette discussion n'avait pas échappé aux gens de la ferme, et Mme Simonne avait bien vite compris que les deux hommes allaient se battre.

Mais personne n'osa s'interposer.

La qualité des deux adversaires, le motif de leur querelle, tout contribuait à ce que chacun ne pût que déplorer ce qui allait se passer, sans songer à l'empêcher.

D'ailleurs, à l'exception de Sulpice et du postillon, il n'y avait plus à la ferme que des femmes et le paralytique Tourniquet; c'étaient de pauvres obstacles.

Cependant la Simonne ne pouvait se résoudre à voir que deux hommes venaient de sortir de chez elle pour s'entretuer, et à ne rien tenter pour les mettre dans l'impossibilité de le faire.

Elle supplia le postillon de les suivre.

Mais celui-ci, qui venait probablement de recevoir des ordres contraires, s'y refusa, et, montant sur l'un des chevaux attelés à la berline, il quitta la ferme et prit le chemin de la grand'route.

Restait Sulpice.

— Mme Simonne, dit celui-ci, j'ai une idée, moi!... J'vais courir après eux.

— Oui, c'est ça, mon garçon, va!... Mais que leur diras-tu? que feras-tu! Oh! mon

Dieu! qui est-ce qui m'inspirera donc une bonne pensée?... Ah! dit-elle en rentrant dans la salle basse, le père Tourniquet!... c'est un homme de bien, il me conseillera sur ce qu'il y a à faire.

Et, suivie de Sulpice, elle se rendit auprès du vieux fileur.

— Mes enfants, dit le bonhomme que les événements de la journée avaient singulièrement préoccupé, voilà bien de tristes choses qui se passent depuis ce matin à la ferme des Coudriers, et m'est avis qu'entre l'arbre et l'écorce il ne faut pas mettre le doigt, car Dieu seul sait ce qu'il résultera de tout ceci.

— Mais enfin, père Tourniquet, songez donc qu'il y a déjà là-haut une morte, que peut-être tout à l'heure on va amener un autre... Oh! mon Dieu! pourquoi le hasard a-t-il voulu que cette malheureuse femme vînt mourir ici!

— Voyons, père Tourniquet, dit à son tour Sulpice, qu'est-ce que vous conseillez? Mais j'ai envie d'aller retrouver ces gentilshommes.

— Pour qu'ils te rendent témoin d'un meurtre... Non, non, crois-moi, mon garçon; va plutôt quérir M. le curé: il fera plus que nous tous s'il peut les rejoindre avant qu'ils ne se battent.

— Oh! oui! c'est cela! Va vite, Sulpice, cours, s'écria la Simonne; ils doivent être allés dans le petit bois... Tu auras encore le temps d'arriver au presbytère et de prévenir M. le curé.

— J'y vas, not'e dame, répondit Sulpice.

Et il sortit en courant.

Mais Sulpice était curieux, et ce n'était pas précisément afin d'empêcher le duel qu'il voulait suivre les deux gentilshommes; c'était plutôt pour voir ce qui se passerait, et comme, après tout, il fallait côtoyer le bois pour se rendre au presbytère, il quitta le sentier et se mit à la piste des combattants.

Bientôt il les vit s'engager dans un chemin creux taillé dans le grès, et encaissé de telle façon que personne ne pouvait les apercevoir, à moins d'être sur les talus qui le bordaient de chaque côté.

Sulpice grimpa sur celui de droite, et les escorta sans danger d'être remarqué.

Le plus âgé, c'est-à-dire M. de Montlieu, marchait le premier; le comte venait à quinze pas derrière environ.

Soudain M. de Montlieu s'arrêta.

— Monsieur, ne croyez-vous pas que cette place est des plus propices au dessein qui nous amène?

Le comte ne répondit que par un signe de tête.

Une pâleur verdâtre couvrait ses traits.

On voyait qu'il se passait en lui quelque chose d'anormal.

M. de Montlieu se découvrit et jeta son chapeau à terre; le comte était resté immobile.

— Allons, monsieur, je vous attends, reprit le premier en mettant l'épée à la main; faut-il donc que j'aille à vous?

Le comte fouilla dans les poches de son habit.

M. de Montlieu crut qu'il se disposait à le quitter.

— C'est juste, dit-il, nous serons plus à l'aise.

Et, remettant son épée au fourreau, il ôta le vêtement qui pouvait gêner ses mouvements et se baissa pour le poser sur le sol.

Soudain le comte, qui le regardait faire, tressaillit légèrement, tandis que la pâleur de son visage augmentait encore.

Et, profitant du moment où son adversaire était sans défense, incliné devant lui, il arma l'un de ses pistolets et tira.

Un cri d'horreur retentit aux oreilles du meurtrier.

C'était Sulpice qui l'avait poussé, Sulpice qui s'était avancé jusque sur le rebord du talus et qui, couché à plat ventre au milieu des herbes, avait été spectateur du crime commis par M. de Blancheroy.

Celui-ci pensa que ce cri était celui de sa victime.

Il s'avança vers elle afin de juger de l'effet de son coup de feu. L'homme ne faisait aucun mouvement; il le crut mort, et, plaçant à côté de lui son pistolet déchargé, de manière à faire croire que chacun d'eux avait tiré, il se hâta de fuir.

Sulpice était cloué à sa place par sa frayeur.

Cependant, lorsqu'il eut vu l'assassin disparaître, il se hasarda à marcher, et, après une légère hésitation, il se décida à se laisser glisser le long du ravin et à s'approcher du malheureux qui gisait sur le sol arrosé de son sang.

Il posa la main sur son cœur : il battait encore.

Et de ses lèvres crispées s'échappaient de plaintifs gémissements.

— Oh ! mon Dieu !... s'écria Sulpice, il n'est pas mort. Mais que faire tout seul ?

Il essaya de le remuer, et ne réussit qu'à lui arracher une exclamation de douleur.

Au bout d'un moment, un bûcheron qui travaillait dans le fourré et que le bruit de l'explosion avait attiré, arriva sur le terrain du meurtre.

Sulpice lui montra le blessé, et tous deux l'enlevèrent en le prenant, l'un par les bras, l'autre par les jambes.

Il y avait trop de chemin à faire pour le porter à la ferme ; Sulpice proposa à son compagnon de le conduire au presbytère, qui était beaucoup plus rapproché d'eux.

Lorsqu'ils y arrivèrent, chargés de leur précieux fardeau, le curé était absent ; une vieille servante gardait la maison.

A la vue du blessé, qui s'était évanoui dans le trajet, et du sang qui le couvrait, elle jeta les hauts cris et s'enfuit.

— Pierre, dit Sulpice à l'homme qui l'avait aidé à transporter Montlieu, cours vite à la ferme ; M. le curé y est probablement ; tu le ramèneras peut-être ; en attendant, parviendrai-je à faire revenir à lui le malheureux gentilhomme.

Pierre sortit, laissant Sulpice seul avec M. de Montlieu, qui rouvrit les yeux et voulut parler ; mais il ne fit entendre que des sons inintelligibles, et il lui fut impossible de proférer une parole.

D'atroces souffrances le torturaient.

Sulpice faisait tous ses efforts pour le secourir ; le pauvre garçon ne voyait guère comment s'y prendre afin de le ramener à la vie.

Et le curé ne se montrait pas.

C'était pourtant la seule personne qui eût pu le tenter utilement ; non pas que le digne homme fût expert dans l'art de guérir, mais, comme tous les curés de campagne, il en savait assez pour donner les premiers soins en attendant qu'on pût aller chercher le médecin de la ville.

Cependant Sulpice comprit que le moribond semblait éprouver une soif ardente, et il s'empressa de lui présenter un peu d'eau fraîche dont il lui versa quelques gouttes sur les lèvres.

Ce fut assez pour ranimer ses forces éteintes et lui permettre d'articuler péniblement quelques mots.

— Oh ! mon Dieu ! dit-il d'une voix expirante, que je souffre ! Le misérable, il m'a assassiné... Oh !

— Voyons, mon gentilhomme, fit Sulpice en essayant d'étancher le sang qui sortait de sa blessure, tout espoir n'est pas perdu : M. le curé va venir, et c'est un fier savant, allez ; même que dernièrement il a guéri la fille de la mère Jacques, qui...

— Mon ami, reprit M. de Montlieu, merci de vos soins, mais ils sont inutiles..., la vie m'abandonne ; mais avant je veux..., je veux...

Il ne put achever sa phrase ; une nouvelle douleur plus forte que les précédentes le força au silence ; mais du doigt il montra une écritoire placée sur le manteau de la cheminée.

Sulpice ne se rendait pas compte de ce qu'il voulait ; mais, M. de Montlieu continuant à indiquer de la main l'objet désiré, il finit par le lui apporter.

— Oh ! j'y suis, fit enfin Sulpice ; vous voulez écrire ?

Un nouveau signe affirmatif lui répondit.

Sulpice courut vers une table sur laquelle était un registre ouvert, et il en déchira un feuillet, qu'il présenta à M. de Montlieu.

Une lueur de satisfaction brilla dans les yeux du mourant.

Il avait ce qu'il désirait.

Mais il fallait que le jeune homme l'aidât.

Celui-ci trempa la plume dans l'encre et la lui mit à la main ; alors, réunissant dans un suprême effort le peu de forces qui lui restaient, il traça sur le papier tenu par Sulpice quelques mots qu'il signa à grand'peine.

Mais ce fut tout ce qu'il put faire, car, après, il laissa échapper la plume d'entre ses doigts, et il retomba la tête inclinée sur le dossier du fauteuil où il était assis.

Sulpice prit le papier et lut :

« Je meurs assassiné par le comte de Blancheroy.

» Baron JULIEN DE MONTLIEU. »

— Le baron de Montlieu tué par le comte de Blancheroy! un grand seigneur! fit le jeune homme.

Et, les yeux fixés sur la déclaration qui accusait le meurtrier, il demeura un instant rêveur; puis, relevant son front :

— Voilà, dit-il, un papier que ce grand seigneur-là paierait probablement bien cher!

Soudain une pensée rapide traversa son esprit, et il mit le papier dans sa poche, en ayant soin de ramasser la plume et de la reporter, ainsi que l'encrier, à la place où il les avait pris.

Un moment plus tard, le curé arrivait au presbytère.

Mais ce fut pour recueillir le dernier soupir de M. de Montlieu.

Pendant ce temps, M. de Blancheroy avait quitté le chemin du bois et était retourné sur la grand'route où l'attendait sa berline.

Il monta précipitamment dedans.

— Route de la Rochelle! s'écria-t-il.

Et les chevaux s'élancèrent au galop.

Le même soir, Sulpice annonçait à la fermière Simonne qu'il abandonnait le service de la ferme pour s'en aller à Paris.

Ce fut le laquais de M. de Montlieu qui l'y amena, lorsqu'il s'y rendit pour y conduire les restes de ses maîtres.

FIN DU PROLOGUE

PREMIÈRE PARTIE

I

Comment le poète Stéphen de la Feuillée chercha deux rimes qu'il ne trouva pas et rencontra une jolie fille qu'il ne cherchait pas.

En 1736, le quai de la Grenouillère était bien le plus affreux cloaque qu'il fût possible d'imaginer ; des chantiers de bois et de hideuses baraques, noires de vétusté, le bordaient et lui donnaient une physionomie de tristesse qui n'engageait guère à le fréquenter.

Cependant, au milieu de ce quai constamment boueux, s'élevait la terrasse des jardins du palais Bourbon ; mais cela ne faisait que mieux ressortir encore le sombre aspect des masures qui l'environnaient.

Or, si en plein jour le quai de la Grenouillère n'avait rien de ce qu'il faut pour attirer les promeneurs, le soir les bourgeois qui avaient affaire au quartier du Gros-Caillou aimaient mieux faire un long détour que de longer les chantiers, non pas seulement à cause de la malpropreté que nous avons signalée, mais encore parce que des bruits d'attaque nocturne circulaient traditionnellement sur son compte, et qu'on citait nombre de gens qui avaient été houspillés d'importance et volés par les habitués des cabarets enfumés qu'on y voyait.

Aussi, passé huit heures du soir en hiver et dix heures en été, n'y rencontrait-on habituellement personne, hormis les mariniers et les débardeurs qui y séjournaient.

Or, malgré cet abandon à peu près général, un soir du mois de septembre, un jeune homme dont la démarche aisée accusait une parfaite insouciance, cheminait paisiblement le long du quai désert, en s'amusant à considérer l'eau de la Seine sur laquelle les rayons de la lune jetaient des myriades de facettes tremblotantes et nacrées.

Il pouvait être dix heures.

Le silence était complet, à l'exception de quelques éclats de voix qu'on entendait de temps à autre sortir des bouges mal clos qui bordaient le côté gauche du quai.

Le jeune homme paraissait fort peu s'en inquiéter.

Il continuait à marcher, les yeux constamment fixés sur le fleuve, ou, s'il s'arrêtait, c'était pour se parler à lui-même, comme si quelque grande préoccupation eût captivé son esprit.

— Oui, s'écria-t-il, c'est elle, j'y suis. Oh ! mordieu ! cette fois je la tiens ; non, il boite ! Ah ! m'y voilà !

Et cent autres propos semblables qui l'eussent indubitablement fait prendre pour un fou par quiconque eût été à portée de l'entendre.

Mais, nous le répétons, il était seul, et il pouvait en toute sécurité parler haut : aucune oreille indiscrète n'était là pour l'écouter.

En ce cas, dira-t-on, s'il n'était pas fou, il était amoureux, car il n'est qu'un amoureux qui puisse prendre plaisir à regarder la lune et à courir les rues à l'heure du sommeil en conversant avec soi-même.

Point !

Notre homme n'était nullement amoureux ;

mais il était atteint d'une autre nuance de folie : il était poète, et pour le moment il était en train de composer un sonnet adressé à une divinité imaginaire qu'il espérait un jour ou l'autre rencontrer sur ses pas, et à laquelle il s'empresserait de l'offrir comme le résultat d'une brillante improvisation.

Malheureusement, quoique poète, il rimait difficilement, et, malgré les fréquentes invocations qu'il faisait à Apollon et à toute la compagnie du Parnasse si fort vénérée à cette époque mythologique, il lui arrivait souvent de rester court lorsqu'il s'agissait de célébrer la nature, la verdure ou l'onde pure.

Alors, dépité de son impuissance passagère, il quittait son hôtel de la rue de Seine, gagnait le quai, et se promenait deux ou trois heures au grand air, au bout desquelles il trouvait assez habituellement la rime paresseuse.

Or, c'était justement à cette cause qu'il fallait attribuer la présence de Stéphen de la Feuillée sur le quai de la Grenouillère.

Il venait d'atteindre la hauteur de l'esplanade des Invalides, et il marchait toujours devant lui sans se soucier de la longueur du trajet qu'il venait de parcourir, absorbé qu'il était par la confection de son sonnet.

— Allons, se dit-il après avoir dépassé le fastueux hôtel qui semblait perdu au milieu du désert qui l'entourait, il ne manque plus que deux vers et mon sonnet sera complet. Sambleu ! que de peine il faut se donner pour mettre d'accord la rime et la raison ; mais, d'honneur ! l'abbé Pellegrin ne les fait pas mieux, et dès demain je l'enverrai au *Mercure galant*. Ah ! le sonnet c'est le prince de la poésie ! Oui, mais il me faut encore deux vers ; voyons, il me faut une rime en *ème* et une en *net*. Suprême ! non, c'est impossible ; diadème..., oui ! diadème me plairait assez ; je...

Soudain il fut interrompu dans son monologue par la vue d'une ombre qui semblait glisser à travers les arbres du Gros-Caillou.

— Hein ! qu'est cela ? Dieu me damne ! on dirait une femme ! une femme, morbleu ! Si elle est jolie, je lui dirai mon sonnet...

Et il fit mine de traverser.

Mais il faut croire que l'ombre, ou plutôt la femme, car le jeune homme avait bien vu, se doutait de l'intention qu'il avait d'aller à sa rencontre, et que cela ne lui convenait pas, car elle cessa tout à coup de marcher et se cacha derrière un arbre, dans le but évident de faire croire qu'elle avait rebroussé chemin, et peut-être aussi afin de pouvoir fuir effectivement s'il s'avisait de vouloir l'aborder.

Stéphen vit le mouvement et réfléchit.

— Oh ! oh ! dit-il, est-ce que la donzelle aurait peur de moi ? Je l'ai fait disparaitre ; mais que peut-elle faire à cette heure par ici ? Ma foi ! nous allons le voir !

Et, au lieu de marcher droit à l'arbre derrière lequel elle se tenait blottie, le jeune homme appuya sur la droite et parut se diriger vers la berge, qu'il côtoya.

Ce manége eut un plein succès.

Dès qu'il eut changé de direction, la femme recommença à se montrer, en ayant soin, toutefois, de ne pas quitter l'esplanade.

Évidemment elle tenait à éviter la rencontre.

Le gentilhomme ne fut que plus désireux de s'approcher, et, tout en feignant de ne pas fixer ses regards sur elle, il ne perdait aucun de ses mouvements.

Mais il était l'objet de la même surveillance, et tous deux paraissaient s'épier mutuellement.

Le jeune homme n'était pas pressé, et il était décidé à attendre qu'il plût à l'inconnue de poursuivre son chemin.

Il est vrai qu'elle était peut-être arrivée à destination, et qu'il était possible aussi qu'elle attendît quelqu'un.

Ce fut la réflexion que fit le jeune homme.

Et elle était toute naturelle, car il n'était pas supposable qu'une femme se promenât dans un pareil lieu à dix heures du soir, fût-elle poète, pour admirer les rayons de la lune.

— Eh bien ! se dit-il, si elle a donné rendez-vous à quelque galant, je le verrai venir ; mais, sambleu ! je saurai à quoi m'en tenir sur le compte de cette belle, et, dussé-je passer la nuit ici, il faudra bien qu'elle traverse si elle a affaire de ce côté.

Et il fit quelques pas qui le rapprochèrent de la Seine.

Soudain la promeneuse sembla prendre un parti décisif, en s'engageant dans les terrains qui avoisinaient la boucherie des Invalides ; elle abandonna l'esplanade.

C'était tout ce que voulait Stéphen.

Eh bien ! ma charmante, est-ce que je vous ferais peur... (Page 34.)

Il pouvait la suivre et la rejoindre sans craindre qu'elle ne s'échappât à la faveur de l'obscurité qui régnait sous les quinconces.

Et en un clin d'œil il fut auprès d'elle.

Il put l'envisager à son aise.

C'était une ravissante personne de vingt ans environ, portant le costume des femmes du peuple, mais dont la grâce et la coquetterie étaient celles des dames de qualité.

Une follette de mousseline entourait son cou d'un galbe parfait, et un charmant petit bonnet posé sur le sommet de sa tête laissait en toute liberté un volumineux chignon de cheveux noirs qui, retroussés sur les tempes, donnaient à sa physionomie une piquante expression de finesse et de mutinerie.

Il ne lui manquait absolument qu'un nuage de fard et quelques mouches pour ressembler aux jolies bergères de M. Raoux, le peintre en vogue.

Tous ces détails furent saisis en moins de temps qu'il n'en faut pour le dire par le jeune homme, connaisseur émérite en beauté de tout genre.

Ravi d'une pareille apparition dans un pareil lieu et à pareille heure, notre homme oublia sur-le-champ sonnets et rimes pour ne songer qu'à elle, et, sans différer davantage,

 Capiomont aîné, Calvet et Cie, Éditeurs.

il s'inclina galamment, tendit le jarret, et de sa voix la plus flûtée il s'écria :

— Par mon âme, ma belle enfant, ne marchez pas si vite et prenez mon bras, car je ne souffrirai pas que vous vous exposiez de la sorte en cheminant dans ce quartier perdu.

Et, saluant de nouveau, il présenta, en l'arrondissant, le bras qu'il offrait. La jeune fille s'arrêta et ne répondit pas.

Mais elle fixa sur son interlocuteur un œil qui semblait vouloir lire jusqu'au fond de son âme.

Stéphen s'attendait à quelque parole de circonstance.

L'expression de vague terreur qui se peignait sur le visage de l'inconnue le déconcerta presque.

— Baste! pensa-t-il, je connais ça : on joue les grands sentiments.

Et il reprit :

— Eh bien! ma charmante, est-ce que je vous ferais peur? Peste! ces yeux-là sont trop beaux pour lancer des flammes, à moins que ce ne soit des flammes d'amour.

Et il sourit complaisamment, enchanté qu'il était de son mot.

— Monsieur, dit enfin la jeune fille, que me voulez-vous? Je ne vous connais pas, laissez-moi!

Et elle examinait toujours le gentilhomme avec effroi.

Celui-ci voulut la rassurer.

— Ce que je veux, adorable enfant de Vénus! d'abord vous dire un petit sonnet que la vue de votre aimable personne a fait éclore en ma cervelle. Nous ne nous connaissons pas, dites-vous! Mais vive Dieu! nous ferons connaissance, j'espère.

— Monsieur!...

— Ne craignez rien. Eh! que diable! il me semble que je n'ai pas l'air d'un croquant; je suis gentilhomme, et...

— Vous êtes gentilhomme?

— Oui, certes.

— En ce cas, jurez-moi que vous ignoriez que je devais me trouver ici, et que ce n'est pas moi que vous attendiez.

— Oh! sur mon honneur, je le jure.

Un soupir de satisfaction s'échappa de la poitrine de la jeune fille.

— Eh bien! reprit-elle, puisqu'il en est ainsi, je n'ai plus qu'une grâce à vous demander.

— Une grâce? parlez vite, car je crois qu'il ne tient qu'à vous de me faire faire ce que vous voudrez! Mais, fou que je suis, j'ai deviné. Ce que vous désirez de moi, c'est mon sonnet que vous êtes impatiente d'entendre! Suffit, ma toute belle, m'y voici, écoutez!...

— Eh! monsieur, il ne s'agit pas de sonnet.

— Ah! vraiment! fit l'autre désappointé; alors, si vous vouliez bien me dire...

— Ce que j'exige de vous, le voici : Vous allez immédiatement rebrousser chemin et vous éloigner, en me promettant de ne pas savoir où je vais.

— Allons donc! c'est une plaisanterie.

— Oh! je vous en conjure!

— Comment! vous voulez que je vous laisse seule au milieu de la nuit, quand les rayons de la blonde Phœbé invitent à la promenade à deux, pressés bien étroitement l'un contre l'autre! Ah! ma toute belle, on voit bien que la poésie n'occupe pas toutes vos pensées. Oh! croyez-moi, puisque le hasard nous a conduits l'un vers l'autre, abandonnons-nous au hasard, prenez mon bras et promenons-nous en devisant d'amour. Oh! l'amour c'est la poésie, et la poésie c'est l'amour!

Et cette fois il s'empara sans façon du bras de la jeune fille, qu'il plaça sous le sien.

Celle-ci paraissait vivement contrariée de l'insistance qu'il mettait à l'accompagner. Cependant, au fur et à mesure qu'elle l'écoutait parler, sa crainte s'évanouissait, et, lorsqu'elle fut à peu près certaine d'avoir affaire à un homme qui n'avait d'autre projet que celui de lui débiter des fadeurs et des compliments, elle se rassura tout à fait, sans cependant se montrer le moins du monde disposée à répondre.

Loin de là, elle essaya de nouveau de se débarrasser de l'importun; mais ce fut inutilement.

— Mais enfin, monsieur, dit-elle encore, ce que vous faites là est indigne d'un gentilhomme; on ne violente pas ainsi une femme seule et sans défense.

— Oh! oh! des grandes phrases... Voyons, la perspective d'une promenade au bord de l'eau est-elle donc si terrible!

— Ecoutez, monsieur, reprit la jeune fille, je veux être franche avec vous; je vais rejoindre une personne à qui j'ai donné rendez-vous. Oui, c'est cela..., un jeune homme qui m'attend, qui...

— Comment! un galant? Peste! le drôle est heureux. Mais ma foi, s'il vous attend, il vous attendra longtemps, car vous êtes trop belle, ma mie, pour que je consente à perdre l'occasion de vous faire savoir combien je me sens porté à vous aimer.

La jeune fille frappa du pied avec impatience.

— Monsieur, dit-elle avec un éclat de voix plein de colère, j'ai fait tout à l'heure un appel à votre loyauté de gentilhomme et vous êtes resté sourd à ma prière; vous persistez à abuser de l'impossibilité dans laquelle je suis d'appeler personne à mon aide; mais, prenez-y garde, s'il vous arrive malheur n'accusez d'autre que vous.

— Allons donc! des menaces? Qu'ai-je à craindre? votre amant! Qu'il vienne! un coup d'épée ne me déplait point; et dût-il m'envoyer souper chez Pluton, que je ne le regretterais pas, si je le dois à vos beaux yeux.

L'air de conviction avec lequel ces paroles étaient dites firent une certaine impression sur l'esprit de la jeune femme.

Toutes les femmes aiment la bravoure et le courage.

Cet homme qui la connaissait depuis cinq minutes et qui, pour le plaisir de passer quelques instants en sa compagnie, ne reculait pas devant la probabilité d'un danger, cet homme, disons-nous, lui parut autre chose qu'un vulgaire et banal chercheur d'aventures, et nul doute qu'en toute autre circonstance elle se fût rendue devant cette preuve, sinon d'amour, du moins de chevaleresque obstination.

Mais il faut croire qu'elle avait de puissantes raisons pour ne pas faiblir, car elle fit tout ce qu'elle put pour se soustraire aux sollicitations de son cavalier improvisé.

Il est vrai que ce fut en pure perte.

Plus elle refusait, plus le jeune homme se piquait au jeu, et, après d'inutiles tentatives de se debarrasser de lui, elle dut se resigner à laisser son bras passé sous le sien et à lui accorder la faveur de l'accompagner jusqu'à la pointe de l'île des Cygnes.

Il avait promis qu'une fois là il lui rendrait la liberté.

Prenant donc gaiement son parti, elle écouta patiemment la déclamation du sonnet de son compagnon qui ne se sentait pas d'aise d'en avoir trouvé si vite le placement.

Il y manquait bien deux vers, mais il promit de les lui envoyer le lendemain.

— A propos, dit-il en terminant, j'ai oublié de vous demander votre nom.

— Mon nom! fit la jeune fille; si je vous l'apprends, me direz-vous le vôtre?

— Certes; je me nomme Stéphen de la Feuillée, et je suis un favori d'Apollon. Et vous?

— Moi je ne suis qu'une pauvre couturière, et l'on m'appelle Fanchette.

— Fanchette! oh! le joli nom! il rime avec fossette, et justement en voici une là.

Et le jeune homme avait mis un baiser sur la joue empourprée de l'ouvrière, qui n'eut pas même le temps de s'y opposer.

La conversation prenait une tournure assez agréable pour Stéphen.

Était-elle du goût de la jeune fille? nous l'ignorons; mais il est des circonstances où on doit tout entendre.

Nos jeunes gens avaient dépassé le quai, et ils venaient de s'engager dans un sentier qui conduisait à la berge.

Car, à cette époque, le quai de la Grenouillère, ou plutôt les quais, finissaient à peu près à l'endroit où se trouve de nos jours la manufacture de tabacs; c'etait la limite des dernières maisons. Au delà, on était en pleine campagne; à gauche, des terrains vagues, des broussailles et des plaines qui s'etendaient jusqu'au village de Grenelle; à droite, la pointe de l'ile aux Cygnes, toute couverte de joncs, de roseaux et entourée d'une ceinture de saules qui semblaient lui former un cadre de verdure.

Stéphen parlait.

Et il parlait mieux qu'il ne rimait, surtout lorsque son auditeur était une jolie fille et qu'il voulait la convaincre.

Fanchette, la tête baissée, l'écoutait en silence.

Soudain la demie de dix heures sonna.

Elle sortit de sa rêverie et jeta un coup d'œil du côté de l'eau.

Une lumière venait de briller sur un bateau chaland immobile au milieu de la Seine ; mais ce ne fut qu'un éclair, elle disparut aussitôt.

Stéphen n'avait rien vu.

La jeune fille s'arrêta court.

II

Où il est démontré qu'il ne fait pas toujours bon de se promener la nuit en bateau en compagnie d'une jolie fille.

Stéphen remarqua qu'une vive préoccupation se peignait sur le visage de sa compagne, et il lui supposa l'intention de vouloir lui échapper.

— Sans doute, pensa-t-il, elle cherche le moyen à employer pour me planter là et s'enfuir ; mais, morbleu! il ne sera pas dit que j'aurai été joué par cette belle coureuse de nuit. C'est égal, il doit y avoir là-dessous quelque chose qui n'est pas clair : ou je me trompe fort, ou il s'agit d'autre objet que d'un rendez-vous d'amour. Que diable, si elle attendait quelqu'un, ce quelqu'un se montrerait, et je ne vois personne !

Et promenant son regard autour de lui, le jeune homme acquit la conviction qu'il était bien seul avec la jeune fille qu'il avait au bras.

En la voyant s'arrêter, il l'imita.

— Ma foi, lui dit-il, m'est avis que celui que vous deviez rencontrer dans ces parages est occupé ailleurs, car il semble peu empressé à venir. D'ailleurs, ma charmante, s'il vous faut un cœur pour vous aimer, je doute que vous en trouviez un plus disposé que le mien à se laisser traverser par les flèches de Cupidon ; et si vous voulez m'en croire, au lieu de rester ici à la belle étoile, nous retournerons sur nos pas chercher un carrosse qui nous conduira...

— Monsieur, interrompit Fanchette d'une voix ferme, j'ai bien voulu vous permettre de m'accompagner jusqu'à la pointe de l'île et vous donner le plaisir de me conter de fort jolies choses, parce que vous m'avez promis de ne pas aller plus loin... Nous voici arrivés à l'endroit convenu : êtes-vous décidé à remplir votre promesse ?

— Quoi ! vous auriez la cruauté de me la rappeler !

— Dame ! puisque vous paraissez ne plus vous en souvenir.

— Si, je m'en souviens ; mais je vous déclare que je ne me sens pas le courage de l'exécuter.

— Allons ! reprit soudain Fanchette, puisqu'il en est ainsi et que vous vous obstinez à demeurer auprès de moi, il faut bien que j'y consente.

— Oh ! vous êtes adorable ! Venez donc !

— Quant à cela, non... Libre à vous de passer la nuit ici si bon vous semble ; mais je ne marche plus, je suis trop lasse !

— Lasse ! dites-vous ? Oh ! si j'avais pu le prévoir ! Mais pourquoi ne pas l'avoir dit plus tôt ?

— Parce qu'il est probable que cela n'aurait rien changé à la détermination que vous avez prise de me faire subir vos volontés.

— Méchante ! ne voyez-vous pas qu'il ne tient qu'à vous de m'imposer les vôtres ? En répondant à l'amour que vous m'inspirez, vous ferez de moi un esclave.

— Encore !...

— Et, tenez, puisque vous êtes fatiguée, qui nous empêche de nous reposer sur cette verte prairie !

— Quoi ! nous asseoir ici ! y pensez-vous ?

— Pourquoi pas ? Ce tapis de mousse n'est-il pas là tout exprès ?

— Je l'ignore, dit Fanchette en riant, mais je préférerais me promener en bateau.

— En bateau !...

— Sans doute. Que voyez-vous là d'extraordinaire ? Une promenade en bateau me semble beaucoup plus poétique qu'une course à travers les broussailles.

— C'est juste, et plus j'y réfléchis, plus je trouve que votre idée est excellente ; malheureusement il ne manque, pour la mettre en pratique, que l'objet principal.

— Quoi donc ?

— Eh ! parbleu, le bateau !

— N'est-ce que cela ?

— Mais c'est beaucoup, dit le jeune homme en souriant.

— Baste, en cherchant bien, peut-être en trouverons-nous un.

— Cherchons, dit Stéphen ; mais je crains fort que nous en soyons pour nos peines.

Fanchette ne répliqua pas, mais elle descendit sur le bord du fleuve et marcha droit à un batelet amarré à un pieu caché au milieu des joncs et dont il était impossible de soupçonner l'existence.

— Tenez ! s'écria-t-elle en s'adressant au poète interdit, vous voyez que j'avais raison d'espérer que nous trouverions ce qu'il faut.

— Ma foi, dit finement Stéphen, j'avoue que je n'eusse jamais supposé qu'il pût s'en rencontrer un si à point.

— A propos, reprit la jeune fille, savez-vous ramer ?

— Quoi ! exclama Stéphen, il y a aussi des avirons ? Décidément ce bateau était là exprès pour nous.

— Mon Dieu ! vous ne répondez pas à ma question. Je vous demande si vous savez ramer ?

— Non, pas précisément ; mais j'invoquerai la blonde Amphitrite, et...

— Ce n'est pas nécessaire, je conduirai le bateau..., ça me connaît.

— En vérité !

— Je suis la fille d'un marinier.

— Et, comme Vénus, vous êtes née au sein des ondes !

Stéphen poussait l'abus de la mythologie jusqu'à ses dernières limites ; c'était une faiblesse dont il n'avait jamais pu guérir. Fanchette le laissa dire, et, sautant prestement dans la légère embarcation, elle se saisit des rames avec une aisance qui prouvait son savoir-faire.

Le jeune homme la suivit et y prit place.

Monsieur Stéphen, lui dit alors la jeune fille en fixant sur lui un regard d'une singulière expression, vous plait-il de retourner à terre ? il en est temps encore.

— Mais... et vous ?

— Moi, je resterai là.

— Ah ! par exemple ! c'est trop fort ! Allons, ma belle Thétis, au large !...

— Au large ! répéta Fanchette.

Et, coupant l'amarre, elle mit le bateau en mouvement.

Assis en face d'elle, Stéphen la regardait avec curiosité.

Cette fille, qui avait d'abord fait tant de façon pour accepter son bras, qui l'avait supplié de la laisser seule, et qui maintenant l'obligeait en quelque sorte à faire avec elle une promenade en bateau, cette fille-là paraissait avoir de singulières allures, et il commençait à croire qu'il pouvait bien avoir affaire à une fine mouche.

Mais dans quel but agissait-elle ?

C'est ce qu'il ignorait, et d'ailleurs, s'il ne lui avait pas plu de monter en bateau avec elle, il n'eût tenu qu'à lui de s'en dispenser en se retirant.

Stéphen se disait tout cela et bien d'autres choses encore ; ce qui fait qu'une fois embarqué il ne desserra plus les dents, et, continuant à réfléchir à la bizarrerie de l'aventure qui le faisait naviguer à côté d'une jeune fille à l'heure où habituellement il se couchait, il essayait de prévoir quelle en serait la suite, en cherchant dans sa pensée un dénouement probable.

Fanchette remarqua le changement qui s'était opéré dans l'attitude de son compagnon, et un sourire glissa sur ses lèvres roses.

— Eh bien ! monsieur le poète, vous ne dites plus rien ? lui demanda-t-elle d'un son de voix légèrement railleur.

— Pardon ! je vous admirais, répondit le jeune homme en rougissant malgré lui.

— Ah ! je croyais que vous composiez des vers.

— Des vers ! non vraiment, je ne saurais en trouver d'assez beaux pour exprimer combien je vous trouve jolie dans cet exercice, si.., dans cette position que... Ah ! tenez, sur mon honneur, je ne sais plus ce que je dis, et il faut que je vous embrasse.

Et il se leva pour passer de la parole à l'action ; mais la maligne Fanchette se pencha soudainement sur le bateau, et Stéphen, perdant l'équilibre, trébucha et retomba assis sur son banc, tandis qu'un éclat de rire immodéré vibrait à ses oreilles.

Un mouvement de dépit lui échappa ; il sentit qu'il allait devenir ridicule, il se contint et prit le parti de rire.

— Ah ! friponne ! s'écria-t-il, c'est une petite méchanceté ; mais je me vengerai, corbleu ! et ce ne sera pas seulement un baiser qu'il me faudra, mais des douzaines.

— En ce cas, vous ferez bien d'attendre que nous soyons à terre, vous courrez moins le risque de tomber en venant les prendre !

— Encore !

— Eh bien, tenez, je suis bonne fille,

moi... nous allons aborder dans l'île, et vous m'y embrasserez tant qu'il vous plaira, mais à la condition que vous serez sage jusque-là.

— Soit; j'y consens, répondit Stéphen; mais il me semble que nous ferions peut-être mieux de regagner la berge.

— Comment! vous ne m'avez donc pas entendue?

— Mais...

— Je vous ai dit que vous m'embrasseriez dans l'île; si nous retournons à la rive, tant pis pour vous, vous ne m'embrasserez pas.

— Fanchette, j'irai avec vous jusque dans le Nouveau-Monde.

— Oh! oh! je n'en demande pas tant, répondit celle-ci.

Et elle dirigea son bateau vers l'île; en deux ou trois coups d'aviron on fut arrivé.

Fanchette se leva à son tour.

— Je crois, dit-elle, que nous pourrons facilement aborder ici.

Et elle montra de la main une petite anse pratiqué au milieu des saules, et qui semblait en effet très-propice au débarquement.

— Rien de plus aisé, répondit Stéphen.

Et il engagea sa compagne à sauter à terre; mais ceci ne faisait pas l'affaire de Fanchette, qui désirait probablement rester la dernière dans le bateau, car elle s'écria vivement :

— Non pas : c'est à vous de descendre d'abord; je ne saurais le faire sans votre aide.

— Volontiers, dit Stéphen en s'élançant à terre.

Puis il se retourna aussitôt pour offrir sa main à la jeune fille; mais, quelque promptitude qu'il apporta dans l'accomplissement de ce soin, il arriva trop tard.

Fanchette avait exécuté le plan qu'elle méditait depuis son départ : en le voyant mettre pied à terre, elle s'était empressée d'imprimer un vif mouvement de recul au bateau en touchant le sol du bout de son aviron, et lorsque notre homme voulut lui prendre le bras pour la soutenir, il l'aperçut s'éloignant à force de rames du rivage, où elle le laissait seul.

— Eh bien! que faites-vous donc? lui cria-t-il en mettant sur le compte d'une distraction la fausse manœuvre de la batelière improvisée.

— Vous le voyez, répondit celle-ci en riant, je me débarrasse d'un fâcheux.

— Comment! vous ne descendez pas dans l'île?

— Non vraiment!

— Mais au moins, je...

— Mon beau poëte, interrompit Fanchette, qui continuait toujours à prendre le large, dorénavant vous y regarderez à deux fois avant de faire une promenade en bateau avec les jeunes filles que vous rencontrerez sur votre chemin.

— Mais c'est une trahison!

— Bonne nuit, mon gentilhomme; demain vous trouverez infailliblement un marinier qui vous passera de l'autre côté de l'eau.

Il est difficile de rendre compte de la stupéfaction de Stéphen lorsqu'il se vit si sottement pris au piége que lui avait tendu la perfide jeune fille.

— Ah! pendarde! s'écria-t-il, drôlesse! tu me le paieras!

Et, se démenant comme un possédé, il manifesta par des gestes significatifs tout le ressentiment qu'il éprouvait d'avoir été dupé de la sorte.

Mais il avait beau faire, celle qui s'était si spirituellement moquée de lui était hors de sa portée, et il ne lui restait absolument qu'à demeurer spectateur de la dextérité qu'elle deployait pour s'enfuir.

Et c'était véritablement un charmant coup d'œil que ce canot conduit par une main féminine et qui glissait silencieusement sur l'eau au milieu de la nuit.

La lune frappait en plein sur les vêtements de couleur claire de la jeune fille et lui donnait l'apparence d'un beau cygne se promenant nonchalamment sur l'onde.

Il y avait là, certes, matière à une ode ou tout au moins à un sonnet; mais Stéphen n'eut pas même la pensée de commettre le moindre distique.

Il regardait toujours avec des yeux consternés cette belle personne qui allait bientôt disparaître à l'horizon, et qui s'en était allée juste au moment où il était sur le point d'obtenir tous les baisers qu'il s'était promis de lui prendre.

Et il était loin d'être satisfait du résultat

si imprévu de la bonne fortune qu'il avait rêvée. Cependant, nous le répétons, malgré le déplaisir qu'il éprouvait et le motif de colère bien légitime dont il était animé envers Fanchette, il ne pouvait détacher son regard du bateau qui l'emportait.

Il est vrai qu'il remarqua une chose assez singulière.

Au lieu de se diriger vers le quai, où il supposait qu'elle avait le dessein de se rendre, il la vit continuer à remonter le courant.

Était-ce par inhabileté à pouvoir le couper!

Ce n'était pas probable; car, dans ce cas, la frêle embarcation eût suivi le fil de l'eau.

Bientôt il l'aperçut qui s'approchait d'un gros bateau chaland; puis soudain il la vit monter à bord de ce bateau, après lequel elle amarra son canot dont elle eut le soin d'enlever les avirons.

Il attendit quelques instants encore afin de voir si elle ressortirait, mais rien ne parut.

Qu'etait-elle allée faire dans ce bateau?

Stéphen eût donné beaucoup pour le savoir, mais il ne pouvait faire que des suppositions basées sur des probabilités tirées de son imagination, très-prompte à se lancer dans le champ de l'inconnu.

Une irrésistible envie de se mettre à la poursuite de cette fille le dominait.

Mais c'était fort difficile à exécuter.

Et, en y réfléchissant, le jeune homme reconnut que non-seulement il ne pouvait pas courir après elle, mais encore qu'il lui était tout à fait impossible de quitter l'île aux Cygnes.

Il était prisonnier.

Prisonnier jouissant de la liberté d'une charmante promenade, il est vrai, mais sans autre perspective que celle de coucher en plein air, ce qui n'était rien moins qu'agréable.

Cette situation ridicule le rendit furieux.

— Peste soit de la drôlesse! s'écria-t-il en frappant du pied avec colère, me voici forcé de passer la nuit ici: n'est-ce point vraiment une honte? Mais aussi c'est ma faute! Qu'avais-je besoin d'aller compter des douceurs à cette petite; elle s'est jouée de moi, et c'est bien fait.

Et, mécontent de lui-même, le jeune homme accompagna cette phrase d'un juron qui témoignait du dépit qu'il ressentait.

— Mais, continua-t-il, je ne puis cependant me résigner à rester dans cette île jusqu'à demain matin sans essayer d'en sortir; puisque nous avons bien tout à l'heure trouvé un bateau sur la berge, il est fort possible que j'en découvre un autre dans les environs. Voyons, cherchons; peut-être serai-je assez heureux pour rencontrer ce qu'il me faut.

Et, animé du désir de pouvoir pénétrer le mystère qui entourait la conduite inexplicable de la jeune fille, il se décida à faire le tour de l'île afin de voir si la Providence ne lui fournirait pas et le moyen de s'en échapper et celui de rejoindre Fanchette.

Mais il fallait marcher avec précaution, l'eau baignait le pied des saules au milieu desquels il s'aventurait, et, ne connaissant pas le terrain, il courait le risque de s'enfoncer dans les herbes ou de tomber dans l'eau, deux choses qui lui eussent été très-désagréables.

Tant qu'il fut éclairé dans sa marche par les rayons de la lune, il n'eut rien à redouter; mais en arrivant à l'autre extrémité de l'île, plongée dans l'obscurité la plus complète, il manqua de se laisser choir dans la rivière, malgré le soin qu'il prenait, en se frayant un passage dans cette végétation luxuriante, de toujours s'assurer qu'il mettait le pied sur un terrain solide.

Il revenait désespéré à l'endroit d'où il était parti, lorsqu'il aperçut un petit bateau de pêcheur tenu par une corde solidement attachée à un tronc d'arbre.

— Enfin, dit-il, voilà mon affaire!

Et il s'apprêta à en disposer; mais il remarqua qu'il était dépourvu d'avirons.

C'était à peu près comme s'il n'avait rien trouvé; cependant il le considérait avec complaisance.

— Certes, pensait-il, rien n'est plus facile que de couper cette corde; mais, une fois la corde coupée, la barque s'en ira à la dérive, et le diable sait où elle me conduira, hum! Je pourrais m'exposer à aller loin de la sorte!... avec cela que le courant est assez rapide! Allons, il n'y faut pas songer. Ah! si seulement je pouvais la diriger jusqu'à ce bateau où elle est entrée.

Et il jeta un dernier regard du côté où la jeune fille avait disparu.

Mais comme il allait, en désespoir de cause, laisser là le batelet dont il ne pouvait faire usage, et s'engager dans l'île, afin d'y chercher un endroit où il pût se coucher en attendant le lendemain matin, son attention fut soudainement éveillée par un bruit de voix qui semblait venir du quai de la Savonnerie.

Il tourna la tête et attendit.

Deux hommes enveloppés dans des manteaux, et les traits cachés par de larges chapeaux dont les bords retombaient sur le visage, se tenaient debout dans une barque que conduisait un troisième personnage vêtu de la même façon.

A l'arrière de l'embarcation, qui s'en allait en amont, se trouvait un ballot dont Stéphen ne put distinguer ni la forme précise, ni la couleur, mais dont le volume était assez considérable.

Stéphen laissa échapper une exclamation de satisfaction.

— Dieu soit loué! dit-il, voici des promeneurs : ils vont m'aider à sortir d'ici.

Et il se mit en devoir d'appeler.

— Ohé! cria-t-il en faisant un porte-voix de ses mains; par ici!

Les trois hommes fixèrent immédiatement leurs regards vers l'île, et ils aperçurent le poète, qui accompagnait ses paroles d'une pantomime expressive; mais il faut croire que sa vue produisit sur eux un effet que Stéphen n'avait pas prévu, car l'un d'eux arma un pistolet qu'il tenait caché sous son manteau, le second porta vivement la main à la poignée de son épée, et enfin le troisième, qui conduisait l'embarcation, redoubla d'activité pour lui imprimer une marche plus rapide.

Stéphen appelait toujours.

Soudain les deux personnages qui étaient debout échangèrent quelques paroles.

Évidemment ils avaient reconnu qu'ils n'avaient aucun danger à craindre de la part de celui qui les hélait, puisque, abandonnant les armes dont ils s'étaient emparés, ils se contentèrent de s'envelopper à nouveau dans leurs manteaux et de s'asseoir en conversant entre eux.

L'espoir de Stéphen s'envolait encore une fois.

— Drôles! faquins! s'écria-t-il tout en bouillant de colère, je donnerais vingt louis de bon cœur pour vous tenir l'un et l'autre au bout de mon épée, afin de vous apprendre à être plus serviables!

Mais cette belle sortie n'eut pas plus de succès que n'en avaient eu les reproches et les menaces qu'il avait adressés à Fanchette.

Seulement, il eut une fois encore l'occasion d'être surpris.

Au bout de quelques secondes, il vit distinctement les trois inconnus aborder le bateau chaland et disparaître dans ses flancs, absolument comme avait fait Fanchette.

III

Où il est prouvé que la curiosité est toujours punie.

— Comment! eux aussi! ne put s'empêcher de s'écrier Stéphen en voyant se renouveler la scène qui l'avait déjà si grandement étonné. Ah! palsambleu! ceci est trop fort, et, dussé-je nager jusque-là, il faudra bien que je sache ce qui se passe là-dedans!

Certes, se jeter à l'eau et gagner à la nage ce bateau dont le mystère l'intriguait était la chose la plus simple du monde.

Mais, pour cela, il eût fallu savoir nager.

Et notre poète était d'une complète ignorance sur l'art de la natation; aussi se hâta-t-il de reprendre :

— Oui, mais pour nager jusque-là il faudrait ne pas craindre l'eau, et, malheureusement pour moi, je suis tout à fait incapable de me retirer de la Seine si je m'y hasarde; l'eau est basse, cela est vrai, mais il y en a bien assez pour se noyer!

Et il chercha un autre moyen.

Ils n'abondaient pas.

Sortir d'une île sans embarcation et sans se mettre à l'eau est un problème qu'on peut considérer comme insoluble.

Stéphen le pensait aussi.

Mais il était obstiné, — le lecteur a déjà été à même de s'en apercevoir, — et il s'était dit qu'il en viendrait quand même à ses fins.

Une idée lui poussa.

Ce fut celle de casser des branches d'arbres et de s'en faire des rames : c'était ab-

Soudain, le bateau se mit à suivre le cours du fleuve. (Page 42.)

surde; or, comme le jeune homme ne se rendait en aucune façon compte de la différence qui existait entre des palettes destinées à fendre l'eau et des bâtons qui ne serviraient qu'à la battre en l'éclaboussant, il essaya de se mettre à l'œuvre. Mais les branches des saules n'étaient guère faciles à rompre, et, après s'être déchiré les mains sans succès, en touchant à la première qu'il voulut briser, il renonça à son projet et revint piteusement devant le batelet, qui se balançait légèrement sur l'eau, comme pour mieux lui faire remarquer l'élégance de sa courbe et la légèreté de son ensemble.

Décidément, il fallait se résigner à rester dans l'île.

L'heure du sommeil était venue; le plus court parti à prendre était de s'y abandonner.

Une mauvaise nuit est bientôt passée, et d'ailleurs, pour un poète, la splendeur d'un ciel étoilé vaut bien toutes les alcôves du monde.

Telle fut, en dernier ressort, la réflexion que fit Stéphen, qui se décida enfin à renoncer à chercher le mot de l'énigme qu'il ne pouvait déchiffrer.

Mais il songea à utiliser le bateau qui ne

pouvait le transporter où il voulait, et résolut de se coucher dedans.

Et, sans tarder davantage, il y sauta.

Or, au moment où il allait s'étendre au fond, il sentit quelque chose auprès de lui qui le gênait.

Il y porta la main.

C'était un croc de marinier !

A cette découverte inattendue, notre homme poussa un cri de joie qui dut s'entendre d'un bout de l'île à l'autre.

— Sauvé ! s'écria-t-il, je suis sauvé !

Et il ne s'occupa plus que de dénouer la corde qui le retenait captif au rivage.

Soudain, le bateau oscilla et se mit à suivre le cours du fleuve.

Stéphen s'arma du croc, et, après quelques vaines tentatives, il put enfin le diriger selon sa volonté.

Mais il fallait agir avec prudence.

Rien n'indiquait que la rivière eût partout la même profondeur.

Et puis le jeune homme se rappelait la culbute qu'il avait manqué d'exécuter lorsque Fanchette avait fait osciller le canot qui l'avait passé dans l'île.

Deux fois il trébucha légèrement.

Mais il en fut quitte pour la peur, et, après vingt minutes de peine et de soins, il approcha enfin du bateau objet de sa curiosité.

Or, au fur et à mesure qu'il avançait, un bruit sourd qu'il ne pouvait définir frappait son oreille.

C'était un son régulier, se répétant à de courts intervalles, quelque chose comme le coup d'un balancier.

— Oh ! oh ! dit Stéphen, qu'est cela ? Est-ce qu'on ferait là de la monnaie à l'effigie de notre bien-aimé monarque ? Diable ! en ce cas, attention, il ne doit pas faire bon aller interrompre les gens qui pratiquent un pareil métier.

Et il écouta encore.

Le bruit continuait toujours.

Il se demanda s'il irait jusqu'au bout, ou s'il ne ferait pas mieux de laisser en paix les habitants de cette demeure aquatique ; mais, au moment où il allait se décider à se retirer, le souvenir de la jolie Fanchette passa dans son esprit : il revit la maligne jeune fille l'abandonnant sournoisement sur le bord de l'île aux Cygnes, et cette vision le détermina à tenter l'aventure.

— Baste ! se dit-il, après tout, que puis-je risquer à me montrer, puisque Fanchette est là ? Il n'est pas probable qu'elle me laisse occire. J'ai mon épée, et, avec elle, vive Dieu ! je ne crains personne.

Ce sentiment faisait le plus grand honneur à la bravoure de Stéphen, mais il était peu solide au fond ; car, si comme il le présumait, il venait à tomber entre les mains d'une bande de fabricants de fausse monnaie, la fragile épée qu'il portait à son côté serait une arme peu défensive.

Quant à l'intercession de Fanchette en sa faveur, la façon dont elle s'était conduite à son égard ne devait pas lui permettre d'y compter beaucoup.

Mais Stéphen était brave, et, comme la plupart des gens qui ne cherchent qu'un prétexte pour excuser à leurs propres yeux ce qu'ils ont dessein de faire, il se persuada à lui-même qu'il devait se venger un peu du dédain que Fanchette lui avait témoigné.

Il arriva donc avec précaution jusqu'au bateau et chercha à voir de l'extérieur ce qui se passait dans l'intérieur ; mais il eut beau se hausser sur la pointe des pieds et chercher une fissure ou un défaut de planches de la carcasse qui lui offrit une ouverture, il ne put voir la lumière et entendre, outre le bruit dont nous avons parlé, que celui de quelques voix s'entretenant trop bas pour laisser échapper autre chose qu'un murmure confus.

Alors il alla droit au but, et, s'aidant des pieds et des mains, il grimpa sur l'avant du bateau.

C'était un des grands chalands affectés au transport de la pierre et du bois.

Il était vide.

Mais c'est dans la cabine du marinier qu'il devait y avoir du monde.

Il marcha à pas de loup sur le pont, descendit les degrés d'un petit escalier qui conduisait à la cale, et se trouva en face d'une fenêtre entr'ouverte.

Il plongea dedans un regard investigateur.

Soudain une exclamation de surprise expira sur ses lèvres.

Une dizaine de personnes encombraient la petite pièce servant habituellement d'habitation au patron du *Parisien* : au milieu d'elles, une presse à imprimerie fonctionnait sous l'impulsion d'un homme vêtu d'un pantalon de drap et d'une chemise, et qui, les bras nus jusqu'aux coudes, tirait de nombreux exemplaires d'une sorte de journal qu'un autre individu mettait sécher sur une corde transversale, tandis que trois femmes, parmi lesquelles était la belle Fanchette, pliaient les feuilles séchées et en formaient des paquets.

Deux personnages, qu'à leur costume il était facile de reconnaître pour des abbés, écrivaient sur une petite table en sapin, et, au fur et à mesure qu'ils avaient rempli une page, ils la passaient à un homme haut de taille, fier de mine, et dont les façons et la richesse des vêtements indiquaient l'importance.

C'était lui qui inspectait tout ce qui se passait, donnait des ordres et veillait à ce que chaque chose se fît comme il le désirait.

— Mort de ma vie! dit tout bas Stéphen qui n'avait pas assez d'yeux pour contempler cette scène singulière, quel peut être cet étrange bureau d'esprit? Ce ne sont pas des vers qu'ils impriment là! Ma foi, il me semble voir un quatrain! Sambleu! je ne sais ce que je donnerais pour pouvoir lire ce qu'il y a sur ce papier.

Et, tout en voulant s'avancer davantage, le jeune homme fit un mouvement qui occasionna un léger bruit.

— Silence! dit tout à coup l'homme qui semblait commander, en s'adressant aux personnes qui l'entouraient.

Soudain la presse cessa de marcher, et chacun prêta l'oreille.

Stéphen s'était immédiatement jeté à plat ventre.

— Vous vous serez trompé, monsieur le marquis, dit un des assistants au bout de quelques secondes, il n'y a rien.

— Il me semblait pourtant avoir entendu quelque chose, répondit celui à qui on donnait le titre de marquis. Monsieur de Saubrun, voyez donc, je vous prie, si personne ne nous épie?

M. de Saubrun avança sa tête à la fenêtre.

C'était un homme jeune encore et portant le costume ecclésiastique; son visage intelligent était remarquablement beau; il jeta un coup d'œil à l'extérieur et sourit avec une sorte de dédain.

— Non, messieurs, dit-il en se retirant de la fenêtre; tout est parfaitement tranquille, et nous pouvons sans crainte continuer. En vérité, mon cher marquis, vous êtes ce soir bien facile à effrayer.

— J'ai tort, peut-être, mais c'est que je pense à un homme que nous avons vu tout à l'heure, Romany et moi, à la pointe de l'île aux Cygnes, et qui pourrait bien n'être qu'un agent de M. Hérault.

— Un homme, dites-vous? s'écria un nouvel interlocuteur; et que faisait-il là?

— Moi, je l'ignore.

— Vous vous alarmez à tort, fit M. de Romany: si cet homme avait eu de méchants desseins, il se fût contenté de nous observer en silence, tandis qu'au contraire il nous a appelés.

— Vraiment? reprit l'abbé de Saubrun, et que voulait-il?

— C'est ce que nous n'avons pu savoir. Il pouvait n'avoir aucune intention mauvaise; mais j'avoue que sa présence à une pareille heure dans l'île aux Cygnes, où il lui était facile de voir chacun de nous aborder dans ce bateau, m'a semblé assez singulière pour m'inspirer des craintes.

Les paroles du marquis avaient jeté une certaine inquiétude parmi l'assemblée; seule, Fanchette souriait en les écoutant.

— Monseigneur, dit-elle lorsque celui-ci eut terminé, il n'y a rien à redouter de la personne que vous avez aperçue dans l'île aux Cygnes, car c'est moi-même qui l'ai obligée à y passer la nuit.

— Toi! fit le marquis surpris, et comment cela?

— En l'y conduisant, donc!

— Mais enfin quel est cet homme? et quelle tournure a-t-il?

— Je vais vous le dire, monseigneur, interrompit la jeune fille, et vous verrez que je crois avoir agi de façon à ne mériter aucun reproche.

Et elle raconta comment elle avait été accostée par Stéphen au moment où elle se disposait à descendre sur la berge pour y chercher le canot qui devait la conduire au *Parisien*, et comment, en reconnaissant qu'il lui serait impossible de se débarrasser du jeune homme, l'idée lui était venue de prétexter le désir de se promener dans l'île où elle l'avait laissé sans aucun moyen d'en sortir.

A ce récit fait d'une voix enjouée, tous les visages se déridèrent, et le marquis lui-même ne put s'empêcher de sourire.

Ce fut à qui complimenterait Fanchette de l'esprit qu'elle avait montré dans cette occasion.

Bientôt on oublia toute préoccupation, et la presse, un moment inactive, recommença à gémir sous la main qui la mettait en mouvement.

Expliquons en quelques mots les motifs qui réunissaient ces mystérieux imprimeurs, et le genre de publication qu'ils élaboraient au milieu de la nuit dans l'intérieur d'un bateau, beaucoup plus propre au transport des marchandises, qu'à l'établissement d'une imprimerie.

La France religieuse était divisée alors en deux partis : les molinistes et les jansénistes, dont l'unique tâche était de se disputer et d'essayer de se détruire l'un par l'autre.

Les molinistes, appelés ainsi du nom de Molin, représentaient les jésuites.

Le jansénisme, ou doctrine de Jansénius, est un mot aujourd'hui fort heureusement passé de mode et qui ne fut jamais défini d'une manière bien claire par ceux-là même qui le professaient, l'attaquaient ou le défendaient.

Le jésuite Le Tellier l'analysait ainsi : « Le jansénisme est la bouteille à l'encre dont nous noircissons les ennemis de notre société. » Et Bernardin de Saint-Pierre ajouta : Le jansénisme paraît nous avoir été apporté de l'Orient par les croisades avec la peste et l'épée.

Les indigestes disputes qu'il a soulevées feraient bâiller de nos jours, et nous nous garderons bien d'essayer de galvaniser ou de réveiller ce feu incolore qu'un siècle d'indifférence a laissé éteindre.

Mais nous dirons toutefois que le parti des jansénistes, qui comprenait généralement tous les opposants à la bulle *Unigenitus* et tous ceux dont cette fameuse bulle contrariait les opinions, compta d'illustres têtes parmi ses membres ; qu'il fut soutenu par Arnaud, Pascal et Racine ; qu'il supporta vaillamment les persécutions de tout genre, et que plus d'un homme de cœur et de génie sacrifia pour lui sa fortune, sa considération et sa vie.

Louis XIV, dominé par les jésuites, avait été un terrible adversaire pour les jansénistes.

Mais aussi il trouva souvent des ennemis dignes de lui et dignes de la cause qu'ils défendaient, des hommes dont l'énergie et la valeur avaient fini par lasser les oppresseurs.

La Régence fut une trêve pendant laquelle les jansénistes purent se montrer en toute liberté.

Ils usèrent de cette latitude et firent bien, mais leur état de quiétude diminua leur force ; et, lorsque le roi Louis, quinzième du nom, voulut de nouveau les contraindre au silence, ce ne fut pas à l'aide de la discussion qu'ils soutinrent leurs maximes ; ce ne furent plus des hommes convaincus qui se dressèrent au-devant des opprimés pour les protéger : des jongleurs sans conscience, des charlatans sans vergogne et de vifs imposteurs opposèrent la faiblesse, la fraude et le fanatisme aux prescriptions royales.

Ce fut l'époque des miracles réglés à l'avance et des turpitudes déguisées sous le nom de convulsions.

Époque d'aveuglement et de folies, qui peupla la Bastille d'insensés et de malheureux, et qui donna à quelques misérables, avides de popularité et de désordre, le moyen de faire servir à leurs desseins des dupes qui expièrent pour eux les inepties et les sottises dont ils avaient été les dociles instruments.

Les convulsionnaires se répandirent par toute la France, et correspondirent entre eux au moyen d'une gazette périodique rédigée par les principaux jansénistes, et qu'on désignait sous le titre de *Nouvelles ecclésiastiques*.

Jamais la publication d'une feuille clandestine ne donna plus de souci à la police que cette insaisissable gazette que les jansénistes trouvaient le moyen de faire parvenir en tous lieux, et dont le lieutenant de police, aidé de nombreux agents placés sous ses ordres, était impuissant à découvrir l'officine, aussi bien que les rédacteurs.

Tantôt elle s'imprimait dans des maisons isolées, et M. le lieutenant Hérault, secrètement averti, s'y transportait en toute hâte, bien convaincu qu'il allait mettre la main sur la presse clandestine ; mais il avait beau fouiller la maison depuis les caves jusqu'aux combles, arrêter toutes les personnes qu'il y rencontrait, il était forcé de remettre encore à une prochaine fois la capture si désirée ; et lorsque, furieux de s'être dérangé pour rien, il remontait dans sa voiture, il y trouvait un paquet d'exemplaires des *Nouvelles ecclésiastiques*, qu'une main invisible y avait jeté comme pour lui prouver l'inutilité de ses investigations.

Tantôt c'était sous le dôme du Luxembourg, ou bien encore entre les piles de bois des chantiers, que l'imprimerie fantastique s'établissait.

Elle était en ce moment placée dans la cabine du bateau *le Parisien*.

C'était donc à l'impression des *Nouvelles ecclésiastiques* que se livraient les personnes qui s'y trouvaient réunies ; inutile d'ajouter que toutes appartenaient au parti janséniste.

Le tirage des feuilles s'effectuait ; chacun avait repris sa tâche et l'accomplissait dans le silence le plus absolu.

Stéphen était toujours couché à plat ventre, n'osant faire un mouvement dans la crainte d'être aperçu et maudissant tout bas sa sotte curiosité ; mais, quand il vit le bruit de la presse recommencer et que personne ne s'occupait de lui, il songeait à se retirer, ne se souciant pas davantage d'être exposé à être surpris en flagrant délit d'espionnage.

Il commença par se lever avec précaution ; puis il s'avança lentement du côté de l'escalier et se disposa à monter ; mais, au moment où il mettait le pied sur la première marche, la porte de la cabine s'ouvrit et un homme en sortit.

Stéphen s'arrêta immobile.

— Quelqu'un ! s'écria aussitôt le personnage dont la venue coupait la retraite à Stéphen.

Et il rentra précipitamment dans l'intérieur.

— Nous sommes découverts, dit-il à ses acolytes.

— Malédiction ! fit le marquis ; aux lumières !

Soudain, tout s'éteignit et une complète obscurité régna dans le bateau ; le marquis s'avança au dehors.

— Qui est là ? demanda-t-il en portant la main à son épée.

Mais Stéphen avait profité du mouvement de trouble que sa vue avait causé pour continuer son ascension.

Déjà il avait franchi l'escalier, peut-être allait-il pouvoir s'échapper, lorsque deux hommes qui étaient sortis pour prêter main-forte au marquis s'élancèrent à sa poursuite et l'atteignirent au moment où il s'apprêtait à sauter dans la barque qui l'avait amené, et le forcèrent à redescendre pour le conduire devant le marquis.

— Qui êtes-vous ? lui demanda brièvement celui-ci.

— Je suis gentilhomme, répondit fièrement Stéphen.

— Que veniez-vous chercher ici ?

— Une femme !

— Une femme ?

— Oui ! une coquine qui s'est jouée de moi, et que j'ai juré de retrouver.

— Assez ! Votre nom ?

— Je me nomme Stéphen de la Feuillée, et, maintenant que j'ai répondu à toutes vos questions, j'espère que vous allez me laisser partir de cet antre.

Le marquis ne répondit pas, mais il appela Fanchette et lui montra Stéphen.

— Est-ce bien cet homme ? lui demanda-t-il.

— Oui, monseigneur.

— Ah ! friponne, s'écria le poète, tu me le paieras !

— Silence ! reprit le marquis.

Et il dit quelques mots à voix basse aux deux hommes qui étaient à leurs côtés.

— Suffit, répondit l'un d'eux. Allons, montez ! fit-il en s'adressant à Stéphen.

Celui-ci, qui ne demandait qu'à s'éloigner, se hâta d'obéir, et une seconde fois il franchit les marches de l'escalier.

Mais à peine fut-il sur le pont que les deux hommes se jetèrent sur lui, et, avant qu'il ait eu le temps de pousser un cri, ils le soulevèrent et le lancèrent dans l'eau, qui tourbillonna et se referma sur lui.

IV

De la rencontre que M. de Montlieu fit au cours, et de la visite qu'il reçut par la fenêtre.

Frédéric, le fils de M. de Montlieu, lâchement assassiné par M. de Blancheroy, avait quatre ans lorsqu'il resta orphelin.

Ce fut une parente de sa mère, la vicomtesse de la Forge, qui prit soin de sa jeunesse en l'appelant auprès d'elle.

Elle habitait les environs de Paris, dans un vieux manoir dont la construction remontait au temps de Henri IV.

Ce fut dans cette demeure assez triste que le jeune homme vécut jusqu'à ce qu'il eût atteint l'âge de vingt ans, partageant son temps entre l'étude, la chasse et les exercices du corps, et n'ayant d'autre société que celle de la vicomtesse de la Forge, une vieille femme de cinquante et des années, et d'un homme un peu moins âgé qu'elle, grand, sec, froid et compassé, qui passait pour son intendant, et dont le langage quelque peu familier et la liberté d'allures pouvaient faire supposer que d'autres relations que celles résultant de leur situation réciproque avaient dû exister entr'eux pendant l'espace de vingt années qu'ils avaient passées ensemble.

Or, bien que l'affection de la vicomtesse pour Frédéric fût sincère, et que, de son côté, l'intendant lui témoignait tous les dehors d'un sentiment non moins vrai, quoique plus retenu, le jeune homme fut loin de retrouver auprès de ces deux personnes l'abnégation, le dévouement, et toutes ces autres qualités que comporte l'amour maternel, amour divin, naturel, et qu'aucun autre ne peut remplacer, pas même l'amour paternel.

Et Frédéric n'avait jamais connu ni l'un ni l'autre.

Certes son âme aimante n'eût demandé qu'à se répandre en doux épanchements, mais il ne recevait que des paroles tièdes et des baisers plus tièdes encore en échange des élans de son cœur, et peu à peu il s'habitua à concentrer en lui-même toutes les aspirations vers la tendresse dont il se sentait animé.

Aussi quitta-t-il sans beaucoup de regret les deux vieillards, lorsque vint le moment de songer à autre chose que de courir dans les bois, un fusil sous le bras, ou de faire des armes, deux heures par jour, avec le maître d'escrime venu tout exprès de Paris pour lui démontrer la belle science de l'épée.

— Frédéric, lui avait dit la vicomtesse en lui donnant le baiser d'adieu, songe que ton père fut tué en duel et que c'est offenser Dieu que de tirer son épée du fourreau, si ce n'est pour le service de son roi; sois bon gentilhomme comme l'était ton père, et si tu as besoin d'une protection ou bien d'un aide, va trouver M. le cardinal de Fleury, et dis-lui que tu es mon neveu; cela suffira pour qu'il t'accorde tout ce que tu auras à lui demander.

Frédéric avait religieusement écouté les recommandations de la bonne dame, et s'en était allé tout droit à Paris avec l'intention d'y revêtir la casaque de mousquetaire.

Il y avait déjà quatre ans qu'il y était.

C'était alors un beau garçon de fière mine, à la moustache élégamment retroussée et dont les yeux, pleins d'expression et d'audace, accusaient une grande loyauté; de haute taille, bien fait, il avait tout ce qui caractérise l'homme de race: main fine, attaches minces et délicates, et sur son front brillaient, comme dans son regard, la droiture, la noblesse de pensée et l'intelligence.

Certes, il eût pu depuis longtemps être présenté à la cour, et, grâce à son nom et à sa naissance, obtenir quelque emploi; mais, peu familiarisé avec le métier de courtisan, et d'une nature opposée à tout ce qui était intrigue ou rouerie, il attendait patiemment que l'occasion se présentât pour sortir de l'espèce d'obscurité dans laquelle il vivait.

Libre de son temps et pouvant le consacrer aux plaisirs, il en prenait peu toutefois, et jusqu'alors aucune passion sérieuse n'était venue troubler la sérénité de sa vie.

Une circonstance fortuite devait bientôt en allumer une au fond de ce cœur fait pour aimer, et qui se consumait faute d'aliments.

C'était quelque temps avant la scène que nous venons de rapporter.

Depuis trois mois environ, le jeune baron, qui demeurait dans la rue de la Bonne-Morue, avait pris l'habitude d'aller se promener chaque matin sous les magnifiques ombrages du cours, où il rêvait à loisir aux projets d'avenir qui commençaient à se former dans sa tête.

C'était à l'heure où le cours était à peu près désert.

Et, pendant longtemps, il ne rencontra personne autre que quelques passants affairés qui traversaient les superbes allées où il marchait à pas comptés, sans même daigner jeter un regard de reconnaissance au splendide feuillage qui abritait leurs têtes, en les protégeant contre les rayons du soleil.

Mais, un jour, il remarqua une charmante jeune fille qui descendait d'un carrosse arrêté à l'entrée du cours, et, suivie d'un laquais en livrée, s'engagea dans l'une des allées des bas-côtés, en paraissant prendre un vif plaisir à goûter le frais que les grands arbres y entretenaient perpétuellement.

C'était une jeune personne d'une rare beauté, mais dont la physionomie un peu pâle semblait porter l'empreinte de quelque douleur cachée; son costume, d'une grande simplicité, avait cette élégance particulière aux femmes de qualité, et il était aisé de voir à l'aisance de ses façons, à la distinction de son maintien, qu'elle appartenait au meilleur monde.

Toutefois on n'eût pu affirmer qu'elle fût Parisienne.

Ses longs cheveux blonds cendrés encadrant ses joues, ses yeux bleus clairs, les lignes peu accentuées de son visage, et surtout son expression mélancolique, tout en elle accusait le type anglais dans toute sa pureté.

La bouche entr'ouverte, le regard noyé dans une contemplation fixe, elle s'avançait lentement, en posant à peine ses pieds d'enfant à terre, comme si elle eût craint de fouler les petits cailloux blancs qui couvraient le sol et n'osaient pas crier sous la légère pression qu'elle leur imprimait.

Frédéric la vit venir à sa rencontre et s'arrêta malgré lui.

Il lui sembla que c'était une vision, tant elle lui apparaissait, dans la pénombre, toute diaphane et toute vaporeuse.

Lorsqu'elle passa près de lui, il s'inclina avec respect et fut tenté de se retourner pour la voir encore; mais il n'osa, et, pour ne pas la faire fuir en affectant de se croiser avec elle, il changea soudain de direction et coupa transversalement l'avenue.

Mais, après quelques détours, il revint naturellement passer à côté d'elle, et, cette fois, il se dispensa de la saluer de nouveau; mais il la considéra assez pour s'avouer que jamais il n'avait vu plus gracieux visage.

Au bout d'une demi-heure environ de promenade, et comme il était à quelques pas d'elle, il l'entendit s'adresser au laquais qui la suivait et lui dire :

— C'est assez, Médard. Ma voiture?

Le laquais fit un signe.

La voiture s'approcha; la jeune fille y monta, et bientôt Frédéric l'eut perdue de vue.

Mais il n'en perdit pas le souvenir; et bien qu'il ne comptât en aucune façon la revoir le lendemain, il revint au cours un quart d'heure avant l'heure habituelle, et, les yeux fixés sur les bas-côtés, il interrogea l'espace.

Soudain il tressaillit.

Il venait d'apercevoir la jolie promeneuse de la veille.

Il fit un demi-tour avant de se montrer, et vint enfin au-devant d'elle en la saluant. Le troisième jour, elle revint encore. Frédéric crut devoir accompagner son salut d'un craintif sourire.

La jeune fille commença, de son côté, à remarquer — peut-être l'avait-elle fait dès le le premier jour — son partner en promenade, et elle rougit légèrement; mais elle ne manifesta aucun mécontentement de la rencontre.

Huit jours se passèrent de la sorte, huit jours pendant lesquels les deux jeunes gens se virent à heure fixe, et se contentèrent, l'un de saluer, l'autre de rougir.

Le baron était novice en galanterie; la jeune fille rougissait trop pour ne pas être timide à l'excès.

Les choses pouvaient durer longtemps ainsi.

Quant au laquais, personnage gênant s'il en fut dans une semblable occasion, il était muet comme un terme, impassible comme un soldat sous les armes, et marchait invariablement à quatre pas de distance de sa maîtresse; il modelait tous ses mouvements sur les siens, s'arrêtant quand elle s'arrêtait, obliquant à droite ou à gauche lorsqu'elle le faisait, et ne la quittant jamais des yeux.

Frédéric brûlait du désir d'entamer la conversation, et chaque jour il se promettait d'être plus entreprenant le lendemain, sans jamais pourtant se résoudre à parler lorsque le lendemain était venu.

Cependant il n'avait pas été sans s'apercevoir qu'il était vu avec un certain plaisir, et, comme il était plus facile d'envoyer de tendres regards que de risquer quelque parole qui eût pu être mal interprétée, il lançait des œillades incandescentes dont on ne se montrait aucunement scandalisé.

Au bout de ces huit jours, notre homme était amoureux fou.

C'était déjà un résultat.

Mais ce résultat n'était pas suffisant : il fallait absolument qu'il sût à quoi s'en tenir sur la nature du sentiment qu'il inspirait, et, prenant son courage à deux mains, il risqua, à la rencontre suivante, un baiser qu'il adressa de la main et des lèvres, en signe d'adieu, à la jeune fille, au moment où le laquais se retournait pour appeler la voiture.

Celle-ci le vit et baissa les yeux.

Frédéric était ivre de joie.

Ce premier succès l'enhardit, et il s'aventura à glisser, quelques jours plus tard, un billet dans lequel il dépeignait sa flamme en menaçant de se percer de son épée sur le cours, et devant les yeux de sa belle, si elle ne lui promettait pas de répondre à l'amour passionné qu'elle avait allumé dans son âme.

Le billet fut accepté.

Seulement, à partir de ce jour-là, la jeune fille ne reparut plus.

Dire le chagrin qu'en éprouva Frédéric n'est pas possible ; ce fut un véritable désespoir.

Quel pouvait être le motif de cette brusque disparition, si ce n'était pas ce malencontreux billet ?

Qui sait si, ne pouvant ou ne voulant rien faire espérer au jeune homme, elle ne s'était pas abstenue de reparaître dans la crainte qu'il ne mît à exécution le projet de suicide dont il parlait ?

Mais, alors, si on s'intéressait ainsi à lui, on l'aimait donc ?

Problème délicat qu'il était de toute impossibilité à Frédéric de résoudre, et dont cependant la solution absorbait toutes ses pensées.

Oh ! combien il se repentit de n'avoir pas songé plutôt à chercher à savoir à quelle famille appartenait cette belle jeune fille, soit en questionnant le cocher qui l'attendait à l'entrée du cours, soit en la suivant lorsqu'elle s'en allait.

Il eut bien la pensée de se mettre à sa recherche en fréquentant toutes les autres promenades de Paris, mais, après avoir erré quelques jours à l'aventure à travers les différents quartiers de la ville, il comprit que c'était folie à lui de poursuivre une rencontre chimérique, et il essaya d'oublier jusqu'au souvenir de celle qu'il n'avait fait qu'entrevoir pour la perdre aussitôt.

Mais ce fut en vain qu'il le tenta, et chaque jour il recommençait à visiter les jardins publics, les théâtres, les églises, sans qu'aucune découverte vînt le récompenser de ses peines.

Il y avait déjà près de trois semaines qu'il s'épuisait en inutiles démarches, et le temps était impuissant à lui rendre le calme dont il jouissait avant que son regard fût tombé sur la charmante personne dont il était devenu si subitement épris.

Un incident inattendu vint tout à coup changer la face des choses.

Le jeune homme demeurait, nous l'avons dit, dans la rue de la Bonne-Morue.

Il habitait un petit appartement dont les fenêtres donnaient sur les jardins de l'hôtel de Charost.

Rien de plus coquet et de plus élégant que ce réduit de garçon, meublé avec une sorte de recherche de bon goût qui dénotait les instincts aristocratiques de celui qui l'occupait.

Des œuvres d'art, des armes de luxe, des meubles de prix le garnissaient, et c'était merveille que de voir avec quel soin était entretenu ce ravissant intérieur.

Assis sur les moelleux coussins d'une vaste bergère, dans laquelle le jeune homme aimait à rester des heures entières, rêvant et formant mille châteaux en Espagne, Frédéric lisait.

Et, tout en lisant, sa pensée se reportait invariablement sur l'unique objet de sa préoccupation habituelle : la jolie personne du cours.

Peu à peu ses yeux ne firent plus qu'errer

Silence ! Monsieur ! j'entends mon père... (Page 53.)

machinalement sur les pages qu'ils parcouraient, et, laissant tomber son livre à terre, il demeura tout à fait plongé dans une sorte de douce rêverie, dans laquelle l'image de la jeune fille flottait indécise.

Quelques minutes se passèrent de la sorte.

Lorsqu'il releva la tête, il jeta un cri de surprise.

Il venait d'apercevoir une petite colombe perchée sur la barre d'appui de la fenêtre, et qui semblait le regarder avec confiance.

L'oiseau était si joli, il paraissait si tranquille sur le perchoir qu'il s'était choisi, que le jeune homme n'osait faire aucun mouvement, dans la crainte qu'il ne s'envolât.

La colombe ne paraissait nullement disposée à s'enfuir.

Frédéric l'appela doucement de la voix.

Elle tourna sa petite tête de côté, fit entendre une sorte de doux roucoulement et vint en voletant se poser sur le bras du siége sur lequel il était assis.

Surpris de cette familiarité, le jeune homme se leva avec précaution et alla fermer la fenêtre, de façon à empêcher que l'oiseau ne partît, et il revint lui présenter son doigt, sur lequel il se posa sans aucune difficulté.

Frédéric remarqua alors que son cou était

entouré d'une chaînette très-fine au bout de laquelle était suspendu un petit écusson d'argent.

— Qu'est cela ? fit-il ; il y a quelque chose d'écrit !

Et il jeta les yeux sur la plaque où se trouvaient gravés ces mots :

« J'appartiens à Mlle Adrienne de Saint-Acheul. »

— Adrienne de Saint-Acheul, pensa Frédéric, c'est sans doute quelqu'un du voisinage, de l'hôtel d'en face peut-être ! Cette jolie petite bête se sera envolée du jardin où elle était en liberté.

Et il caressa la colombe, qui se laissa faire, en manifestant toutefois une certaine frayeur.

— Tu es bien belle, ma petite, lui disait-il en passant légèrement sa main sur les plumes de l'oiseau ; mais celle à qui tu appartiens te cherche peut-être, inquiète de ton absence.

Et comme si l'animal eût compris le sens de ses paroles, il roucoula en déployant ses ailes.

— Oui, tu voudrais repartir. Eh bien, je vais t'ouvrir la fenêtre ! Mais, j'y pense, si, au lieu de venir du jardin voisin, tu venais de plus loin et que tu fusses en danger d'être prise en chemin !... Oui, c'est cela, continua-t-il en se parlant à lui-même, je vais te reporter à ta maîtresse.

Et il se disposa à sortir ; soudain une réflexion l'arrêta.

— Je ferais mieux, dit-il, d'envoyer d'abord savoir la demeure de Mlle de Saint-Acheul, que de me promener par les rues avec cet oiseau dans les mains.

Et il sonna son laquais.

— Justin, lui dit-il, connais-tu dans le voisinage l'hôtel de Saint-Acheul ?

— Oui, monsieur, répondit le laquais.

— Et où est-il situé ?

— Rue du Chemin-du-Rempart.

— Quoi ! si loin ?

— Mais, monsieur, il n'y a pas loin du tout, puisque c'est tout à côté d'ici.

— C'est bien ; prends cet oiseau et porte-le à l'hôtel de Saint-Acheul.

— Oui, monsieur.

Et le laquais voulut exécuter l'ordre de son maître ; mais, soit que le mouvement qu'il fit pour s'emparer de la colombe eût effrayé celle-ci, soit pour tout autre motif, elle alla se blottir sur un meuble à l'extrémité de la chambre.

Le rustre la poursuivit avec des gestes et des cris qui parurent redoubler son effroi.

— Maladroit ! butor ! s'écria Frédéric, tu vois bien que tu lui fais peur ! va-t'en !

— Mais, monsieur.

— Va-t'en, te dis-je !

Le laquais sortit.

— Au fait, se dit Frédéric, pourquoi n'irais-je pas moi-même reporter cet oiseau ! je saurai au moins quelle est la personne qui l'a perdu : c'est une jeune fille probablement ; cela me distraira un peu du souvenir de celle que je regrette.

Et, sans plus tarder, il s'apprêta et sonna de nouveau son laquais pour qu'il vint l'aider à s'habiller.

C'était un garçon de bonne volonté que le laquais Justin, mais en même temps la brute la plus complète qu'il fût possible d'imaginer ; d'une taille de géant, gros, épais, brutal, et bête comme il n'est pas permis de l'être, il n'avait qu'une vertu, celle de la patience et de la résignation.

Frédéric l'eût roué de coups qu'il se fût contenté de sourire niaisement, comme si la canne ou la cravache eussent été impuissantes devant la dureté de son épiderme, plus épais que celui d'un mastodonte.

Sobre autant qu'il est donné à un laquais de l'être, fidèle par habitude, placide et doux, il avait la passion des femmes, et passait parmi ses semblables pour un terrible séducteur de femmes de chambre et de caméristes.

Aussi avait-il son maître en profonde pitié, en raison de la régularité de ses mœurs, ce qu'il considérait comme une vertu ridicule chez un gentilhomme, et surtout un gentilhomme de vingt-cinq ans.

Or, tout en procédant à sa toilette, Frédéric l'interrogea sur la façon dont il connaissait la famille de Saint-Acheul.

— Justin, lui dit-il, est-ce que tu as des relations dans l'hôtel que tu m'as indiqué tout à l'heure ?

— Oui, monsieur ; et si vous désirez avoir des renseignements sur les personnes qui l'habitent, vous n'avez qu'à parler.

— En vérité ! Ah çà ! qui t'a donc instruit de la sorte ?

— Dame! monsieur, c'est... Mais d'abord suivez bien mon raisonnement : M. le marquis de Saint-Acheul...

— Ah! il y a un marquis?

— Oui, monsieur. Donc M. le marquis de Saint-Acheul a une fille charmante, une demoiselle dont la beauté...

— Ah çà, drôle! je ne suppose pas que tu aies à te préoccuper de la beauté de cette personne.

— C'est juste, monsieur; mais mademoiselle Adrienne...

— Ah! tu sais aussi son nom?

— Oui, monsieur, Mlle Adrienne a une fille de chambre...

— Ah! ah! je commence à comprendre.

— Et Francine, c'est son nom, est presque aussi jolie que sa maîtresse, bien qu'elle soit brune, et que ce soit une nuance que je place au-dessous de la blonde...

— Ah çà! mais te moques-tu de moi avec tes impertinences?

— Écoutez donc, monsieur, ceci est une affaire de goût. Ainsi, par exemple, vous préférez peut-être les brunes, tandis que moi...

— Comment, faquin, tu te permets d'établir une comparaison entre toi et moi! Ah! par exemple, voilà une impudence...

— Ne vous fâchez pas, monsieur, je continue. Je disais donc que la fille de chambre de Mlle de Saint-Acheul a quelques bontés pour moi, et qu'elle n'est pas restée insensible aux petits avantages que je tiens de la nature!

— Faquin!

— Ce qui fait que je puis vous donner des détails exacts...

— Il paraît que la fille de chambre est une curieuse et une bavarde qui ne songe qu'à répéter au dehors ce qui se passe à l'hôtel. C'est ce que tu fais aussi, toi, n'est-ce pas?

— Oh! monsieur, pouvez-vous croire...

— Je crois que je ferai bien de prendre un laquais moins débauché que toi...

— Oh! monsieur, est-ce ma faute si la vue de la beauté...

— Assez! je ne veux plus rien savoir. Donne-moi mon habit...

— Quoi! monsieur, vous voulez mettre votre habit de velours?

— Sans doute : pourquoi pas?

— Quand vous en avez un si joli en satin bleu! Oh! croyez-moi, monsieur, mettez-le si vous allez voir pour la première fois Mlle de Saint-Acheul... Avec un habit ordinaire, que pensera-t-elle de vous?

— Et que m'importe! dit Frédéric.

Et il jeta un coup d'œil sur l'habit qu'il allait mettre; puis il hésita.

— Au fait, dit-il, tu as raison, il ne faut pas se risquer à être pris pour un robin. Voyons, donne-moi mon habit bleu.

— A la bonne heure, monsieur! voilà que vous devenez raisonnable. Mettez aussi votre chapeau neuf.

— Allons, puisque c'est toi qui commandes, va pour le chapeau neuf.

Et il acheva de s'habiller.

— Ah! monsieur, reprit Justin lorsqu'il eut terminé, quel bon air vous avez avec cet habillement-là! Je me trompe fort, ou, en vous voyant, Mlle de Saint-Acheul tombera amoureuse de vous.

Frédéric sourit gaiement, et, sans prendre garde davantage aux sornettes de son laquais qui s'extasiait sur sa belle tenue, il s'empara, non sans quelque difficulté, de la colombe, qu'il se disposa à emporter.

Mais c'était un objet assez malaisé à tenir. Il la fit mettre dans un panier et le donna à Justin.

— Tu vas me suivre à l'hôtel de Saint-Acheul, dit-il.

Et tous deux se dirigèrent vers la rue du Chemin-du-Rempart : le gentilhomme désireux de connaître la jeune fille dont Justin lui avait si fort vanté la beauté, et le laquais enchanté d'avoir l'occasion de se présenter au grand jour devant la chambrière, qui ne le recevait ordinairement qu'en cachette et en s'entourant des plus grandes précautions pour que personne ne pût le voir.

V

De la façon dont le gentilhomme fut reçu à l'hôtel de M. le marquis de Saint-Acheul, et quel homme était celui-ci.

C'était un hôtel d'assez mince apparence que l'hôtel de Saint-Acheul.

Il se composait d'un seul corps de bâtiment situé au fond d'une cour, ouvrant sur la rue par une grille rouillée et dont l'aspect annonçait les longues années de service; derrière, un jardin encaissé par de grands murs qui n'y laissaient pénétrer qu'à regret un maigre rayon de soleil, et dont les arbres séculaires, qui dépassaient en hauteur celle du logis, achevaient de lui donner un air de solitude et d'abandon parfaitement en harmonie avec la physionomie du quartier.

Frédéric et son laquais furent arrivés au bout de quelques minutes.

Ce fut Francine qui les reçut.

Le jeune homme demanda à parler à Mlle Adrienne de Saint-Acheul, en ayant soin de faire connaître le motif de sa visite.

— Vous rapportez la colombe à ma maîtresse : oh! comme elle va être contente! s'écria la caméristе.

Et elle courut bien vite annoncer à celle-ci cette heureuse nouvelle.

Mlle de Saint-Acheul donna immédiatement l'ordre d'introduire le jeune homme, qu'elle voulait remercier elle-même.

Frédéric prit la colombe des mains de Justin, et, tandis que le laquais, ravi de pouvoir causer en toute liberté avec son adorée, restait avec elle à l'antichambre, le jeune homme pénétra dans le salon.

Il était vide.

En attendant qu'Adrienne parût, il s'amusa à considérer la pièce dans laquelle il se trouvait.

C'était un salon comme tous ceux d'alors, vaste, haut de plafond, décoré selon le goût du jour, avec force Amours sur les panneaux et des trumeaux mythologiques.

Frédéric augura mal des maîtres de l'hôtel, en examinant leur intérieur. Il se disait qu'il était impossible qu'une jeune fille de condition habitât là; soudain il termina son examen : une porte venait de s'ouvrir, et le frôlement d'une robe de mousseline se fit entendre.

Il se leva du fauteuil où il était assis.

Une jeune fille était entrée.

Il allait la saluer, mais à peine l'eut-il aperçue qu'un cri s'échappa de ses lèvres et qu'il resta immobile.

Il venait de reconnaître son inconnue du cours.

— Vous! s'écria-t-il.

Une exclamation de surprise répondit à la sienne.

Adrienne, interdite, confuse, n'avait pu se défendre de l'émotion que lui avait causée la présence inattendue du jeune homme.

— Monsieur..., fit-elle en rougissant.

— Oh! dit enfin Frédéric, béni soit le ciel qui a permis que je vous retrouve! Vous ici! vous que j'ai tant cherchée!

— Monsieur! répéta Adrienne en balbutiant, ma femme de chambre m'avait dit que vous me rapportiez ma colombe.

— Ah! oui, c'est juste, oui, vous avez raison; la voici, mademoiselle, fit M. de Montlieu avec tristesse; pardonnez-moi si j'oubliais en vous voyant pourquoi je suis venu.

Et il remit la colombe à Adrienne, qui la couvrit de baisers.

Frédéric était pâle, son cœur battait à rompre sa poitrine; il voulait parler, et les paroles expiraient sur ses lèvres.

— Monsieur, reprit la jeune fille, qui, de son côté, ne savait guère quelle contenance tenir, quel remerciement ne vous dois-je pas pour le plaisir que j'éprouve d'avoir retrouvé ma chère colombe!

— Oh! mademoiselle, ne suis-je pas assez heureux d'avoir pu vous être agréable, alors que je n'espérais plus vous voir? Si vous saviez combien j'ai souffert lorsque vous avez cessé de m'apparaître!...

— Comment?

— Oui, cela doit vous sembler étrange, n'est-ce pas? Vous ne pouvez comprendre la tristesse qui s'était emparée de mon cœur, car vous ne savez pas que chaque jour je comptais les heures qui me séparaient de celle où il m'était permis de vous contempler, de vous admirer. Oh! cette heure-là, c'était ma vie, c'était le rayon de soleil qui faisait éclore en mon cœur l'espérance et l'amour, et tout cela m'a été brusquement ravi; et ce paradis que votre présence embellissait comme une fleur embaumée, s'est soudainement changé en enfer lorsque vous avez cessé d'y venir.

— Mais aussi c'est votre faute!

— A moi?

— Sans doute! cette lettre...

— Oui, je me rappelle, cette lettre vous a offensée, n'est-ce pas? vous m'avez jugé bien hardi et bien téméraire. Oh! pardonnez-moi, mais mon cœur débordait; je n'ai pu résister au désir de vous faire savoir combien je vous aimais : c'était un crime peut-être !

— Non, répondit ingénument Adrienne; mais Médard, le laquais de mon père, qui m'accompagnait, avait remarqué que vous vous trouviez tous les jours au cours à l'heure où j'y allais; il avait surpris votre mouvement lorsque vous me remîtes ce papier, et le lendemain il ne me fut plus permis de sortir. Voilà ce que vous avez fait, monsieur; et si maintenant je suis forcée de passer toute la journée à l'hôtel, où je m'ennuie à mourir, c'est à vous que je le dois.

— Ciel ! est-il possible ?

— Oui, monsieur !

— Oh ! comme vous avez dû m'en vouloir !

— Oui, dit-elle en souriant, mais je vous pardonne.

— Et vous me permettez de vous dire combien je vous aime, n'est-il pas vrai? et vous ne voudrez pas que je vous perde une seconde fois.

— Mais !...

— Après les démarches sans nombre que j'ai faites pour connaître au moins votre demeure, le hasard qui m'a conduit est si singulier, que je ne sais encore si je ne suis pas le jouet d'un songe ! J'ai interrogé chaque rue de Paris, j'ai parcouru toutes les promenades, j'ai cherché derrière chaque fenêtre, dans l'espérance d'y voir votre doux visage; et c'est au moment où, découragé, désespéré, je demandais au ciel de me délivrer d'une existence désormais insupportable, que je vous retrouve ! Oh ! mademoiselle, je...

— Silence ! monsieur ! j'entends mon père... Ah ! de grâce, taisez-vous !

— Soyez sans crainte, je saurai lui cacher ma joie et mon bonheur; mais avant que je quitte cette maison, au nom du ciel ! dites-moi que vous n'êtes pas restée insensible à l'amour qui brûle mon cœur; dites-moi qu'un jour vous me permettrez d'espérer !

Et le jeune homme, emporté par la passion qui le dominait, se saisit de la main d'Adrienne et voulut la porter à ses lèvres.

— Monsieur ? que faites-vous ? Prenez garde ! on vient...

Un bruit de pas, en effet, se faisait entendre.

Frédéric laissa retomber la main qu'il tenait, et se recula.

La porte s'ouvrit; un homme d'une cinquantaine d'années apparut sur le seuil.

C'était le marquis de Saint-Acheul.

A la vue du jeune homme qui parlait à sa fille, un léger mouvement de surprise se fit sur son visage.

Adrienne courut à lui.

— Mon père, mon bon petit père, s'écria-t-elle en lui montrant la colombe qui reposait sur son bras, voyez donc !

— Quoi ?

— Comment ! vous ne vous souvenez plus que ce matin je vous ai dit que ma colombe s'était envolée hier et que je la croyais perdue ?

— Oui, je me rappelle; eh bien ! elle est revenue, à ce qu'il paraît.

— C'est-à-dire, mon père, que c'est monsieur qui me l'a rapportée. Elle s'était donc réfugiée chez vous, monsieur ? continua-t-elle en s'adressant cette fois à Frédéric.

— Oui, mademoiselle, répondit celui-ci avec une parfaite aisance; je demeure ici près, dans la rue de la Bonne-Morue, et elle est entrée par l'une des fenêtres de mon appartement.

— Voyez-vous cela ! exclama la jeune fille.

— Monsieur, dit alors le marquis au jeune homme, je vous remercie de la peine que vous avez prise de rapporter cet oiseau, dont la perte, ajouta-t-il en souriant, semblait être si sensible à ma fille.

— Monsieur, fit à son tour Frédéric en s'inclinant avec courtoisie devant le marquis, un si léger service ne mérite aucun remerciement, et c'est à moi qu'il a profité, puisqu'il m'a procuré l'honneur de vous connaître.

— Monsieur, répondit M. de Saint-Acheul sur le même ton, puis-je savoir au moins à qui je dois la faveur de tant de gracieuseté ?

— On me nomme le baron Frédéric de Montlieu, monsieur, fit le jeune homme en s'inclinant de nouveau.

— Le baron de Montlieu ! répéta le marquis en tressaillant; vous avez dit de Montlieu ?

— Oui, monsieur ! Aurais-je l'honneur d'être déjà connu de vous ?

— Non vraiment, dit vivement M. de Saint-Acheul; mais autrefois, il me semble..., votre nom..., mais je me trompe sans doute.

— Mon père a servi à la cour du régent..., reprit Frédéric.

— Ah! monsieur votre père!... Oui! c'est cela... peut-être.

Une émotion visible se peignait sur les traits du marquis, évidemment sous le coup d'une pénible impression qu'il faisait tous ses efforts pour dissimuler.

Frédéric n'y prit pas garde, ou plutôt il crut que le marquis cherchait dans ses souvenirs, et il continua :

— Je n'ai pas eu le bonheur de le conserver, monsieur, car j'avais quatre ans à peine lorsqu'il mourut.

— Oh! vraiment! dit Adrienne, quel malheur! mais vous avez au moins votre mère?

— Ma mère est morte le même jour que lui, mademoiselle.

— Oh! mon Dieu!

Le marquis pâlit affreusement.

— Monsieur, dit-il au jeune homme, je me souviens très-vaguement d'avoir entendu prononcer jadis votre nom, et je vous remercie de votre bon office.

— Qu'avez-vous donc, mon petit père? dit Adrienne qui s'aperçut du malaise que paraissait éprouver le marquis.

— Rien, mon enfant, rien.

— En effet, dit Frédéric, vous...

— Pardonnez-moi, monsieur, interrompit soudain M. de Saint-Acheul, c'est l'heure habituelle de ma promenade au grand air; ici il fait chaud, et...

— Je me retire, monsieur. Mademoiselle, j'ai l'honneur d'être votre serviteur.

— Monsieur..., fit la jeune fille.

Et elle rendit le salut que Frédéric lui adressa.

Celui-ci sortit, accompagné jusqu'au seuil de la porte par le marquis, qui lui réitéra ses remerciements, tout en le congédiant de la façon la plus polie.

Lorsqu'il revint près de sa fille, le marquis avait le regard sombre et le front soucieux.

— Adrienne, lui dit-il d'un ton de voix sévère, vous avez eu tort de recevoir ce jeune homme sans m'en avoir demandé la permission.

— Mais, mon père...

— Et je vous défends, à l'avenir, de le recevoir, quel que soit le prétexte qu'il emploie pour se présenter ici.

— Comment! mais puisqu'il avait trouvé ma petite colombe!

— Peuh! fit le marquis; c'est un prétexte, te dis-je.

— Mais alors, poursuivit Adrienne, pourquoi venait-il?... Dans quel but!...

Le marquis laissa échapper un geste d'impatience; il comprit qu'il faisait fausse route, et, se contentant de renouveler sa défense, il se hâta de rentrer chez lui pour cacher la fâcheuse impression que lui avait causée la vue du jeune homme.

Adrienne n'était pas moins désireuse de réfléchir à la singularité de l'incident qui l'avait remise en présence du mystérieux promeneur auquel elle avait songé tant de fois depuis qu'elle avait cessé de retourner au cours.

— Il m'aime! se dit-elle; pauvre jeune homme, comme il a paru heureux de me revoir! Oh! s'il savait quel plaisir j'ai éprouvé à son aspect! Mais d'où vient donc la froideur que mon père lui a témoignée lorsqu'il a appris son nom? C'est étrange!

Et elle chercha à comprendre le motif qui l'avait fait naître; elle pensa qu'il savait que c'était lui qui se trouvait chaque jour à la promenade lorsqu'elle y allait.

— Oui, c'est cela, Médard se sera informé de son nom et le lui aura dit: voilà pourquoi il a paru si colère en l'entendant se nommer! Oh! je vois bien que jamais il ne consentira à ce que je devienne sa femme! et, cependant, je suis certaine qu'il a le désir de m'épouser! Et puis voilà que je vais avoir bientôt dix-huit ans: il me semble que c'est l'âge d'être mariée. Hélas! mon père n'y songe guère! ma pauvre mère n'est plus là pour le conseiller! Si elle vivait, je suis sûre qu'elle serait de mon avis, et qu'elle trouverait M. le baron de Montlieu un jeune homme accompli.

Et la jeune fille, romanesque et naïve comme est toute jeune fille de seize à dix-huit ans, dotait son héros de toutes les qualités et de toutes les vertus qu'il est possible à un homme de réunir.

— Oui, reprit-elle avec un gros soupir; mais à quoi bon penser à lui? La façon dont mon père l'a reçu ne l'engagera guère à revenir! Mais, ajoutait-elle aussitôt, s'il m'aime comme il le dit, il trouvera bien le moyen de me revoir. Oh ! je suis sûre qu'il y songe, et qu'il saura forcer mon père à mieux l'accueillir.

Elle avait raison, Adrienne.

Frédéric songeait, en effet, à imaginer un expédient pour se rapprocher d'elle ; mais, d'abord, disons qu'il était sorti de l'hôtel de Saint-Acheul dans une disposition d'esprit bien différente de celle avec laquelle il était entré.

Son visage rayonnait de joie, son regard brillait de satisfaction, et le plantureux Justin le trouva tellement métamorphosé depuis sa visite à l'hôtel, qu'il ne put s'empêcher d'en faire la remarque.

— Savez-vous, monsieur, lui dit-il en regagnant avec lui la rue de la Bonne-Morue, que je m'étonne de vous voir en si belle humeur, et que je m'en réjouis, car voilà longtemps, sans reproche, que cela ne vous est arrivé.

— Tu trouves ? répondit Frédéric en riant.

— Dame !

— Oui, tu as raison, j'ai le cœur joyeux et l'âme ravie. Il me semble que jamais le ciel n'a été plus pur qu'il ne l'est aujourd'hui, que jamais l'air qui caresse mon visage n'a été plus frais et plus embaumé, que la vie n'a jamais été plus douce et plus riante à mes yeux. Oh ! mon ami, cette journée m'a rendu bien heureux.

— Eh bien ! monsieur, voyez ce que c'est : j'étais convaincu que la vue de Mlle de Saint-Acheul vous ferait cet effet-là.

— Hein ? tu dis...

— Sans doute, monsieur... Moi, tenez, quelquefois je suis triste, et je m'ennuie, sauf votre respect : eh bien, je n'ai qu'à me trouver face à face avec une jolie femme, crac ! me voilà tout de suite gai comme pinson.

En tout autre moment, Frédéric eût imposé silence à son laquais ; mais le bonheur rend indulgent, et il rit de tout son cœur à la sortie de Justin, qui se crut autorisé à donner libre cours à sa maxime en matière de sentiment.

— Oui, monsieur, et je vous assure que vous ne tarderez pas à reconnaître que j'ai raison ; car, voyez-vous, monsieur, l'amour..., eh bien, l'amour, c'est comme qui dirait une bouteille de vin : dès qu'on l'a bue, on se sent tout regaillardi !

Frédéric n'écoutait plus, toute sa pensée était concentrée sur le souvenir d'Adrienne

— Oh ! dit-il en se parlant à lui-même, comme elle était belle, et comme elle a paru troublée en me voyant ! Bien sûr, elle m'aime ! Mais comment faire pour retourner à l'hôtel ? Le marquis a semblé deviner l'amour que j'ai pour elle, et il veillera à ce que je ne puisse ni lui parler ni lui écrire ! N'importe, j'essaierai ! Et, d'ailleurs, ce n'est pas pour satisfaire un caprice d'un jour, pour tenter d'allumer en son cœur un amour coupable que je veux me rapprocher d'elle. Dieu m'est témoin que la prendre pour femme serait toute mon ambition ; mais pour cela il faudrait que son père y consentît..., et je ne suis rien qu'un gentilhomme obscur, sans crédit, sans pouvoir. Oh ! que n'ai-je suivi les conseils de ma tante ! je serais allé trouver le cardinal, et il m'aurait, sans nul doute, ouvert le chemin de la cour... Oh ! mais il est temps encore, et dès demain j'irai, sans plus attendre, le supplier de m'accorder une lieutenance..., et alors il faudra bien que M. de Saint-Acheul se laisse fléchir.

Et Frédéric rentra chez lui, bien décidé à aller réclamer la protection du cardinal pour qu'il l'aidât à mériter celle qu'il aimait.

Les deux jeunes gens, confiants dans l'avenir, s'abandonnaient l'un et l'autre à l'espoir de voir leurs vœux se réaliser, et, quand vint l'heure du sommeil, tous deux s'endormirent en rêvant aux joies ineffables de l'amour partagé.

Adrienne, avant de se mettre au lit, s'était pieusement agenouillée devant le portrait de sa mère, en la priant de demander à Dieu qu'il disposât plus favorablement le cœur de son père, et Frédéric avait juré sur son épée qu'Adrienne n'appartiendrait jamais à d'autre que lui.

Seul, le marquis avait de sombres pensées en tête et la terreur au fond de l'âme.

Il avait passé la nuit dehors, et, quand rentra à l'hôtel, les premières lueurs de l'aube commençaient à se montrer.

Il voulut aussi demander au sommeil le calme et l'oubli des préoccupations qui l'assiégeaient, mais ce fut en vain.

A peine eut-il fermé les yeux, qu'il crut voir

un nuage de sang l'envelopper, tandis que de pâles fantômes lui apparaissaient en le menaçant, et qu'une main de fer le terrassait.

Obsédé par ces sinistres visions, il s'agitait convulsivement pour les chasser; mais ses efforts étaient superflus, et il entendait des voix sourdes bruire à ses oreilles des paroles de colère et de malédiction.

Il voulait crier, mais sa gorge serrée se refusait à laisser passage au son; une sueur froide inondait son corps, et sa poitrine haletante se soulevait péniblement, tandis que de la main il essayait de repousser les spectres enfantés par le cauchemar qui pesait sur lui.

Lorsqu'il se réveilla, les oiseaux du ciel chantaient joyeusement dans les branchages des grands arbres du jardin; les rayons d'or d'un beau soleil levant se jouaient jusque dans sa chambre à coucher, et les fraîches émanations des fleurs parfumaient l'air.

Le marquis respira délicieusement et regarda autour de lui avec ivresse.

— Oh! c'était un rêve, dit-il. Mais c'est étrange!... Il y a vingt ans que cet homme est mort, et je l'ai vu comme s'il était là... devant moi.

Et, pour dissimuler l'accablement que lui laissait son insomnie, le marquis de Saint-Acheul se hâta de se lever.

VI

Comment la Marjolaine connut l'amour, et qui elle aima.

Bien des événements étaient survenus à la ferme des Coudriers depuis le jour où les infortunés époux de Montlieu étaient venus y mourir.

Quelques années après cette lugubre catastrophe, un incendie avait consumé une partie des bâtiments et ruiné la fermière Simonne, qui ne dut qu'à son courage et à son énergie de pouvoir, à force de travail et de persévérance, réparer avec le temps une portion du dommage que le feu lui avait causé.

Mais Mme Simonne était une femme qui ne se laissait pas facilement abattre, et en même temps une femme dont le bon cœur égalait la force de caractère.

On se rappelle que, M. et Mme de Montlieu morts, le comte de Blancheroy partit, sans plus s'inquiéter de la pauvre petite créature dont il était le père.

Inutile d'ajouter qu'il ne reparut jamais à la ferme. La Simonne fut touchée de compassion pour l'enfant si inhumainement abandonné, et son cœur s'émut à la pensée de le remettre à des mains étrangères.

D'ailleurs, qui s'en serait chargé sans espoir d'être payé des soins qu'on lui donnerait?

Bref, elle s'était dit qu'il y aurait toujours bien à la ferme une chèvre pour allaiter l'orpheline, des bras pour la bercer, et plus tard une place à table pour elle, et elle l'avait embrassée en lui promettant de l'élever et de l'aimer comme si elle eût été sa propre fille.

Et elle avait tenu parole.

L'enfant avait grandi à la ferme, et en grandissant elle était devenue une jolie fille.

On l'avait appelée Antoinette, du nom de sa mère, que la Simonne avait entendu prononcer par M. de Montlieu lorsqu'il était apparu à son lit de mort; mais, lorsqu'elle eut six ou sept ans, on se déshabitua peu à peu de la nommer Antoinette, et on ne la désigna plus que sous le nom de la Marjolaine, sobriquet qui lui fut donné en raison de ce que la jeune fille, qui pendant la belle saison passait la plus grande partie de ses journées à courir dans les environs, ne rentrait jamais le soir à la ferme sans avoir dans son épaisse chevelure blonde des épis de marjolaine qu'elle cueillait tout exprès pour orner sa coiffure, sur les pelouses qui bordent le bois des Coudriers.

C'étaient ses fleurs de prédilection.

Et, il faut le dire, rien n'était plus frais et plus charmant que cette blonde tête enfantine, toute parée de fleurs et de feuillage.

Au fur et à mesure que les années vinrent, la beauté de la Marjolaine s'accrut; mais, loin d'avoir les allures enjouées des autres paysannes de son âge, elle était constamment rêveuse et pensive.

Chargée du soin de mener aux champs les quelques bestiaux qui restaient à la fermière, elle demeurait des journées entières assise sur un des bas-côtés du chemin qui conduisait au château de la Feuillée, dont la ferme était devenue une dépendance, et là, attentive au moindre bruit, les yeux fixés sur le sentier

Un dernier baiser termina l'entretien. (Page 61.)

qui serpentait devant elle, elle laissait les animaux confiés à sa garde s'ébattre en toute liberté sur l'herbe des prés, ne se préoccupant que de savoir si bientôt n'apparaîtrait pas celui que son regard semblait ardemment désirer.

Antoinette touchait à sa vingtième année : quel autre qu'un homme aimé pouvait-elle ainsi attendre ?

Oui, en effet, l'homme qui chaque jour sortait du château de la Feuillée pour aller chasser dans les bois des Coudriers était aimé de la jeune fille ; mais, certes, qui le lui eût dit l'eût étrangement surpris, car si, de son côté, il trouvait la Marjolaine une jolie fille, et ne se gênait en aucune façon pour le lui faire savoir, jamais il n'était entré dans son esprit la pensée d'allumer le moindre amour dans le cœur de cette naïve paysanne, dont les grands yeux bleus semblaient étonnés et craintifs comme ceux des biches qui se jouaient autour d'elle.

Ce jeune homme était le chevalier Stéphen de la Feuillée, le fils du châtelain du lieu ; un brave gentilhomme, plein de gaieté et d'insouciance, toujours heureux de vivre quand le ciel était bleu, les champs fleuris, trouvant à son goût toutes les belles filles, et dépensant en joyeux propos et en bruyants plaisirs les heures trop courtes de son existence dorée.

Il passait au château de la Feuillée la dernière année de son séjour en province, pour aller ensuite à Paris tenter de se faire jour à travers la foule de courtisans qui encombraient Versailles, après avoir formellement déclaré à son père qu'il ne se sentait aucune vocation pour l'habit de chevalier de Malte, qu'il avait dû endosser et auquel il avait eu l'adresse de pouvoir se soustraire.

Il avait vu grandir et embellir Antoinette, et, chaque fois qu'il l'avait rencontrée sur son chemin, il lui avait fait compliment sur ses beaux yeux, sur la nuance mordorée de ses longs cheveux blonds cendrés, et, un jour qu'il se sentait le cœur en belle humeur et l'esprit en parfaite harmonie avec le cœur, il avait gaillardement mis un baiser sur les joues purpurines de la Marjolaine;

Non un baiser de gentilhomme, effleurant à peine l'épiderme et muet comme le velours, mais un franc baiser de garçon, bruyant et sonore, éclatant comme une fanfare, et laissant après lui cette trace humide et fraîche qui semble indiquer la route aux autres.

Oh! ce baiser-là devait rester ineffaçable.

Antoinette tressaillit en le recevant; ses yeux se fermèrent à demi, et elle sentit dans tout son être un tel enivrement, qu'elle ne sut ni le reprocher ni le rendre.

Stéphen s'était écrié tout en riant :

—Palsambleu! la Marjolaine, c'est ta faute: pourquoi es-tu si jolie? D'honneur! chaque fois que je te verrai, j'aurai plaisir à mettre un baiser pareil sur tes joues.

Et il partit, son fusil sur l'épaule, en fredonnant :

Ta bouche est un bouton de rose
Qu'amour fait entr'ouvrir;
Mon tendre cœur a le désir
De le cueillir,
Mais je n'ose, n'ose, n'ose.

Ce couplet était de Stéphen, qui le destinait au *Mercure Galant*.

On a vu que, s'il n'osait pas en poésie, le chevalier était moins timide en action.

Les dernières notes de la chanson vibraient encore dans l'espace, qu'Antoinette, la main sur son cœur, s'efforçait encore d'en comprimer les battements.

Émue, troublée jusqu'au fond de l'âme, elle cherchait à se rendre compte de la mystérieuse et ineffable ivresse qui s'emparait d'elle.

Et elle comprit qu'elle aimait Stéphen.

C'était un si beau jeune homme, un si bon et si généreux seigneur!

C'était grâce à lui que son père, le baron de la Feuillée, avait consenti à abaisser le taux du fermage de la Simonne.

C'était lui qui avait envoyé au père Tourniquet le médecin qui l'avait soigné jusqu'à ses derniers moments; chaque fois qu'on avait eu besoin à la ferme d'un secours ou d'une faveur, c'était le chevalier qui l'avait donné, ou qui avait intercédé pour qu'on l'accordât, et c'était plaisir que de voir avec quelle bonhomie il parlait aux pauvres gens; on eût dit vraiment que le dernier paysan était son égal, tant il se montrait honnête et affable avec lui.

Lorsque, sur la fin de l'automne, il venait à la ferme pour se réchauffer au retour de la chasse, il avait toujours quelques bonnes paroles à adresser au pauvre monde, et plus d'une fois il avait donné à celui qui lui cédait sa place devant l'âtre de quoi boire à sa santé.

Donc, Antoinette, pénétrée d'admiration pour le jeune gentilhomme qu'elle s'était habituée dès son enfance à regarder comme le modèle de la perfection humaine, avait peu à peu fini par remplacer, à son insu, l'admiration par l'amour, un amour étrange, extrême, irrésistible, qui, ne pouvant s'exhaler au dehors, brûlait comme un feu ardent au fond de son cœur.

Certes, jamais la pensée ne lui vint que cet amour pût être partagé, et elle aimait instinctivement, naturellement, comme si elle obéissait à une loi d'attraction inconnue dont Stéphen était le centre.

C'était quelque chose comme le sentiment irréfléchi du sauvage se prosternant devant le soleil qui l'éclaire, ébloui par la splendeur de sa lumière qui le frappe et l'étonne.

Son soleil à elle, c'était Stéphen.

L'attendre, l'épier, le voir, c'était tout ce qu'il fallait pour alimenter la flamme secrète qui la consumait; elle se fût donnée à lui sans crainte comme sans honte, inhabile à comprendre ou à raisonner le mobile qui l'eût fait agir.

Car la pauvre Marjolaine était la plus naïve créature du bon Dieu ; elle croissait comme croît la fleur des champs, au souffle de la brise, et sous l'azur du ciel, n'ayant d'autre maître que la nature et d'autre instruction que celle qui lui venait de son esprit d'observation.

Et cependant elle était loin de ressembler aux autres filles de la ferme : son regard limpide dénotait l'intelligence ; son front, admirablement modelé, était propice au développement de la pensée; ses goûts étaient presque recherchés, et, sous ses sordides vêtements, il y avait une grâce et une sorte de coquetterie sans art qui trahissait une origine au-dessus de celle répondant à son humble condition. Mais comme, après tout, une gardeuse de chèvres eût été une piètre conquête pour un gentilhomme tel que Stéphen, celui-ci n'avait guère jusqu'alors fait attention à ces particularités.

Cependant l'émotion qu'elle avait montrée lorsqu'il l'avait embrassée ne lui échappa pas.

— Morbleu ! se dit-il, il est fâcheux que cette petite ne soit qu'une paysanne; elle serait ravissante avec une robe propre et des petits souliers. Et il se promit de mieux l'examiner la prochaine fois.

Antoinette attendit le lendemain avec une sorte d'inquiétude mêlée d'une secrète joie.

Elle s'était peignée avec soin ; quelques brins de marjolaine étaient mêlés à ses cheveux, et un fichu blanc entourait sa gorge ; elle était charmante ainsi.

Stéphen passa et s'arrêta devant elle.

— Bonjour, la Marjolaine.

— Votre servante, monseigneur, répondit-elle en levant sur lui ses grands yeux bleus et doux.

— Sais-tu, ma belle enfant, que tu es la plus jolie fille du pays ?

— Vraiment ! fit-elle avec un mouvement de joie.

— Oui, certes ; l'ignorais-tu ?

— Non, monseigneur !

— Ah ! bravo ! voilà de la franchise au moins ! exclama le jeune homme en riant ; et qui t'en a instruite ?

— Vous-même, monseigneur ! Oh ! je me le rappelle, et vous m'avez dit aussi que vous aimiez à me voir parée de ces fleurs.

Et elle montra les épis qu'elle avait dans sa chevelure.

— C'est la vérité, fit le chevalier surpris ; c'est donc pour me plaire que tu en as mis aujourd'hui ?

— Oui, monseigneur !

Cette réponse ingénue arrêta le sourire qui se dessinait sur les lèvres du gentilhomme, et il s'approcha plus près de la Marjolaine, dont il prit l'une des mains.

— Mais, mon enfant, lui dit-il, c'est très-bien, cela ! et si tu mets le même empressement à plaire à ton amoureux, tu dois le rendre fort heureux.

— Oh ! monseigneur, pourquoi me dites-vous cela ?

— Dame ! écoute donc, Marjolaine : si tu es la plus belle fille du pays, il est bien naturel que les garçons de la ferme ou ceux du village cherchent à se faire aimer de toi.

— Mais moi je ne les aime pas, monseigneur !

— Quoi ! dit Stéphen en lui prenant l'autre main, tu n'en as pas remarqué un seul parmi eux ? Voyons, sois franche !

— Non !

— Ah ! c'est singulier ; tu ne veux donc pas épouser quelque beau garçon ?

— Non !

— Comme tu dis cela ! Ce n'est pourtant pas mal faire que...

— Oh ! si, monseigneur, interrompit la jeune fille, parce que je sais bien que vous êtes mon seigneur et qu'il n'y a que vous que je doive aimer.

— Hein ! tu dis... moi !

— Sans doute, affirma naïvement Antoinette.

— Palsambleu ! se dit à lui-même Stéphen, voilà un aveu auquel je ne m'attendais guère.

Et il resta interdit devant la jeune fille, qui croyait n'avoir rien dit que de très-naturel.

Il voulut changer la conversation.

— Dis-moi, la Marjolaine, fit-il brusquement, qu'est-ce que ce ruban que tu portes là à ton cou ?

— Ceci, monseigneur ? c'est le portrait de ma mère.

— De ta mère ! Voyons !

La Marjolaine tira le ruban et montra au

jeune homme un petit médaillon représentant l'image de Mme de Montlieu.

Stéphen fit un mouvement de surprise.

Le portrait qu'il avait sous les yeux était celui d'une femme de qualité, à en juger par son costume et l'air de distinction de son visage.

— Quoi ! dit-il, ce portrait serait celui de ta mère ?

— Oui, monseigneur !

— Mais si cela est, comment es-tu au service de la fermière Simonne ?

Antoinette raconta au jeune homme ce qu'elle avait appris de la bouche de celle qui l'avait élevée. Un jour, dit-elle, ma mère, qui voyageait, s'arrêta à la ferme, où je vins au monde, et y mourut après m'avoir passé ce médaillon au cou.

— Et puis ?

— Et puis, c'est tout. Maman Simonne m'a gardée auprès d'elle et a pris soin de moi ; alors, quand j'ai été assez grande pour l'aider, j'ai mené les chèvres aux champs.

— Oh ! c'est étrange ! exclama Stéphen ; mais cette dame, ta mère, comment se nommait-elle ?

— Je l'ignore.

— Et Mme Simonne ne le sait pas non plus ?

— Non ! Lorsqu'elle fut morte, un homme, un laquais, oui, c'est cela, l'emporta dans une grande voiture, et personne à la ferme ne sut qui elle était.

— Voilà qui est bizarre ! reprit Stéphen.

Et il regarda fixement le visage de la jeune fille en le comparant à celui peint sur le médaillon.

C'étaient bien, en effet, des traits presque identiques ! Les yeux surtout semblaient être exactement les mêmes.

Et tout en la considérant, il y découvrait un charme qu'il n'avait jamais remarqué. Il oubliait la paysanne en sabots qu'il avait devant lui, ou plutôt il la voyait dépouillée de son accoutrement grossier, et revêtue de l'élégant costume indiqué par le peintre.

Une heure se passa avant que Stéphen se séparât d'Antoinette.

Le récit qu'elle lui avait fait touchant le mystère dont sa naissance était entourée, la candeur avec laquelle elle lui avait appris qu'elle l'aimait, tout cela avait fini par l'impressionner assez pour que le souvenir de la jeune fille ne le quittât pas.

— Ah çà ! se dit-il lorsqu'il fut seul, est-ce que je vais devenir amoureux de cette fille ? Peste ! elle est jolie, j'en conviens, mais je ne puis cependant abuser de tant d'ingénuité.

Et il se promit de ne plus retourner chasser du côté de la ferme.

Mais, soudain, la beauté de la Marjolaine lui revenait à la mémoire.

— Après tout, reprit-il, je suis vraiment bien sot de fuir cette belle enfant. Certes, je n'eusse jamais songé à elle ; mais, puisqu'elle m'a dit elle-même qu'elle m'aimait, ne puis-je pas profiter de cette bonne disposition à mon égard pour passer quelques heures agréables auprès d'elle ? Nous ne sommes pas à Versailles ici, palsambleu ! les bergères et les paysannes ne sont pas à dédaigner ! Allons ! allons ! montrons-lui que l'amour ne connait pas les préjugés. Demain, la Marjolaine sera à moi.

Et le lendemain arriva.

Mais lorsque le jeune homme se trouva de nouveau en présence d'Antoinette, qui, sans crainte et sans défiance, lui tendait son front pour qu'il y déposât un baiser, il se sentit tout honteux de ce qu'il allait faire, et se contenta de l'interroger encore.

Antoinette était trop heureuse pour ne pas se montrer expansive. Elle parla de son amour en termes qui laissaient voir combien il était sincère et vrai, et supplia Stéphen de ne pas se montrer courroucé de l'audace qu'elle avait de lui parler de la sorte.

Certes, il fallait de la vertu au jeune homme pour qu'il se contînt, et deux fois déjà il avait interrompu la Marjolaine par un baiser.

Celle-ci tressaillit soudain.

Stéphen lui en demanda la cause.

— Oh ! pardonnez-moi, monseigneur, c'est que j'ai souvenance qu'hier dame Simonne parlait de votre prochain départ pour Paris, et que je songe à ce que je deviendrais si je ne vous voyais plus.

— Allons donc ! répliqua le chevalier d'un ton embarrassé, tu es folle... D'ailleurs, je ne quitterai pas la Feuillée avant la fin de l'été... Et puis, je reviendrai.

— Ah ! monseigneur, j'ai toujours ouï dire que lorsqu'on allait à Paris on ne revenai jamais au pays...; jamais! répéta-t-elle avec un soupir.

Et une larme s'échappa de ses yeux.

Stéphen n'y tint plus ; il essuya cette larme par un nouveau baiser, et, s'emparant des mains de la jeune fille :

— Marjolaine! s'écria-t-il, il ne tient qu'à toi que je passe encore toute cette année à la Feuillée.

— Qu'à moi! répondit-elle.

— Oui!...

— Et que faut-il faire pour cela?

— M'attendre ce soir à dix heures, au fond du parc, sous la cépée des chênes.

— Mais..., monseigneur...

— Tu hésites, Marjolaine!... Moi aussi je t'aime!... Moi aussi j'ai plaisir à presser tes mains dans les miennes, à sentir ton cœur battre contre le mien!... Marjolaine, promets-moi de venir.

— Monseigneur... oui... ce soir... j'irai...

Un dernier baiser termina l'entretien.

Le soir venu, le front brûlant, l'œil brillant, la Marjolaine profita du moment où chacun reposait dans la ferme pour se diriger à pas de loup vers l'endroit où elle devait rencontrer Stéphen. Son cœur battait avec violence, ses lèvres tremblaient.

Enfin elle arriva.

Stéphen n'était pas encore venu.

Elle l'attendit quelques minutes, puis une heure, puis deux, en cherchant à expliquer, par cent raisons diverses, le retard qu'il mettait à se rendre au rendez-vous; mais quand minuit sonna, elle quitta la place, et reprit, en baissant la tête, le chemin de la ferme des Coudriers.

Deux jours se passèrent sans qu'elle vît le jeune homme.

Le soir du troisième, elle apprit à la ferme que, depuis quarante-huit heures, M. le chevalier Stéphen de la Feuillée était en route pour Versailles.

VII

Où l'on voit apparaître un nouveau personnage qui pourrait bien faire voir à la Marjolaine des étoiles en plein midi.

Ce fut un coup terrible pour Antoinette que ce départ subit de Stéphen. Certes, en toute autre circonstance, elle s'y fût résignée en se contentant de pleurer en secret.

Mais le jeune homme savait qu'elle l'aimait, et non-seulement il le savait, mais encore il avait accepté cet amour en y répondant, et il était parti alors que, le cœur plein de joie, elle s'abandonnait tout entière à l'espoir d'être aimée à son tour.

Pourquoi, si Stéphen n'avait eu que le dessein de mépriser la passion dont il était l'objet, avait-il laissé croire à la pauvre fille qu'il la partageait?

Oh! c'était la faire souffrir cruellement.

Antoinette était blessée au cœur; des larmes amères s'échappèrent de ses yeux, et, pour la première fois peut-être de sa vie, elle qui n'avait jamais songé à mesurer la distance qui la séparait de celui qu'elle aimait, ni réfléchi à ce que la passion qu'elle nourrissait dans son cœur pouvait être insensée, elle jeta un regard sur elle-même, et il lui sembla qu'un bandeau lui tombait soudain des yeux pour lui permettre de juger l'erreur qui l'illusionnait.

Et quand elle eut compris que c'était folie à elle, pauvre fille abandonnée, vouée à une condition abjecte, de lever les yeux sur un gentilhomme, lorsqu'elle reconnut qu'un abîme incommensurable la séparait de Stéphen, elle voulut cesser de l'aimer et résolut d'étouffer en son âme jusqu'au germe de son amour.

Mais, de même qu'on ne force pas le cœur à aimer, on ne peut l'obliger à oublier.

La Marjolaine en fit bientôt l'expérience Plus elle s'efforçait de chasser de sa pensée le souvenir de Stéphen, plus l'image du jeune homme venait se présenter à son esprit, et elle passait des jours entiers à se remémorer les moindres incidents qui se rattachaient à lui.

C'étaient les heures où elle l'avait vu déboucher du chemin de la Feuillée, le fusil sur l'épaule et le sourire aux lèvres, les sentiers du bois dans lesquels elle l'avait vu s'engager à la poursuite du gibier qu'il abattait, la place qu'il avait occupée à son retour de la chasse au foyer de la ferme, les paroles qu'il avait échangées avec elle, et enfin les baisers, tendres caresses, qu'il lui avait donnés et qui avaient troublé si profondément son âme.

Et les jours se passèrent, puis les semaines, sans affaiblir la force de ses souvenirs.

Mais cette constante préoccupation, ce chagrin qui la minait, amenèrent en elle une sorte de mélancolie sombre qui se traduisit par la pâleur de son front, l'expression triste de son regard et son mutisme presque absolu.

La Simonne n'avait pas été sans remarquer le changement qui s'était opéré dans la physionomie et les façons de la chevrière; elle l'interrogea doucement et voulut connaître le motif de la douleur qui se lisait sur son visage; mais elle ne put rien savoir : Antoinette était impénétrable.

Quelques garçons de ferme essayèrent de la railler sur ce qu'ils appelaient sa sauvagerie et tentèrent de la contraindre à se mêler à leurs jeux et à leurs caquets.

Mais la Marjolaine se montra si visiblement peinée et si peu disposée à répondre à leurs tentatives, qu'ils prirent le parti de la laisser vivre et agir à sa guise, sans plus se soucier d'elle.

C'était tout ce que demandait celle-ci, qui put tout à son aise continuer à courir les bois à l'heure où les gens de la ferme sommeillaient, et à errer silencieusement dans les endroits où elle avait coutume de rencontrer le chevalier.

Mais alors la Simonne s'inquiéta, et, réellement chagrine de la voir si affligée, elle s'adressa au curé de la Feuillée pour le prier de causer avec la Marjolaine, et d'user de toute l'autorité de sa parole pour tâcher de rendre à la jeune fille sa tranquillité d'esprit et sa gaieté d'autrefois.

L'homme de Dieu promit d'employer tout son zèle pour arriver au résultat désiré.

Or ce curé-là n'était pas celui qui avait, en quelque sorte, assisté M. de Montlieu à ses derniers moments. Depuis près de dix ans le pauvre homme reposait non loin du presbytère, sous une croix de bois noir retraçant la date de ses trente années d'apostolat.

Le curé qui lui avait succédé était un homme jeune encore, à la parole facile et persuasive, mais qu'on avait soupçonné de prêcher les doctrines jansénistes, et, par suite, envoyé à la Feuillée, ce qui équivalait à peu près à un exil, en raison de l'importance de la cure qu'il occupait précédemment, et dont il avait été dépossédé par ordre du cardinal Fleury.

Il s'acquitta de son mieux de la tâche qui lui incombait; mais, dès les premières fois qu'il entretint Antoinette, il fut frappé de l'exaltation que produisait sur elle l'effet de ses paroles.

Elle écoutait avec une religieuse attention les douces exhortations du prêtre, qui l'instruisait, dans un langage plein de simplicité, des mystères de notre foi divine.

Et il fallait qu'elle fût douée d'une merveilleuse facilité de compréhension, car elle faisait des progrès si rapides, que le prêtre restait stupéfait en l'entendant raisonner avec lui et commenter les dogmes ou les principes qu'il lui inculquait.

Mais elle était, malgré cela, loin d'avoir retrouvé le calme que le départ de Stéphen avait banni de son cœur.

Seulement, au bout de quelque temps, sa mélancolie avait pris une teinte de mysticisme, due à la direction que lui avait imprimée le curé Blondel, entraîné à convertir son âme ardente et pleine de candeur, à ses croyances.

Nous avons dit que celui-ci avait été soupçonné de jansénisme, et il l'avait été à juste titre.

Hâtons-nous d'ajouter cependant que, loin de ressembler aux habiles du parti, qui faisaient agir les sots pour récolter à leur place, il était tout à fait de bonne foi, et que, s'il réprouvait les impostures, les extravagances et les niaiseries des convulsionnaires, il croyait sincèrement à leurs prétendus miracles en les attribuant à la volonté de Dieu qui voulait favoriser leur cause en les permettant.

Or le curé Blondel avait observé chez la Marjolaine des symptômes qui paraissaient la prédisposer admirablement au rôle d'illuminée, et il consignait avec soin les remarques qu'il faisait, touchant la singularité de l'affection morale dont elle était frappée.

Il eût été assez difficile de la définir.

Taciturne, la plupart du temps, et plongée dans des rêveries sans fin, Antoinette, qui demeurait tous les jours dehors, occupée à promener dans les champs le troupeau de chèvres confié à sa garde, s'était soudainement éprise du désir d'apprendre à lire; le curé Blondel lui avait chaque soir donné des leçons, dont elle profita si bien qu'au bout de quelques semaines elle s'était trouvée en état de lire seule dans les livres de piété qu'il lui avait mis entre les mains.

Bientôt elle fit plus que les lire, elle les apprit par cœur et en retint des pages entières qu'elle récitait avec une volubilité fiévreuse.

Puis, tout à coup, elle s'interrompait, son regard devenait morne, et, laissant le prêtre stupéfait, elle s'enfuyait avec la rapidité de l'éclair et courait, en prononçant des mots sans suite, se cacher dans le bois.

D'autres fois, des larmes abondantes ruisselaient sur son front; se jetant la face contre terre, elle restait plongée dans une sorte de désespoir dont rien ne parvenait à la tirer. Mme Simonne ne savait que penser de tout cela; elle avait beau interroger le curé, celui-ci ne pouvait guère expliquer les phénomènes dont il était témoin qu'en les attribuant à quelque cause surnaturelle.

Cette explication ne satisfaisait pas la fermière, dont l'amitié pour la jeune fille s'alarmait à juste titre, et dont le bon sens valait mieux que la fausse clairvoyance du prêtre.

Une chose cependant l'avait frappée.

A plusieurs reprises, et pendant les sortes d'accès ou de crises nerveuses dans lesquels elle avait surpris la Marjolaine, elle lui avait entendu prononcer le nom de Stéphen.

Quelle signification ce nom pouvait-il avoir dans sa bouche?

Les larmes qui l'accompagnaient ne tardèrent pas à lui faire supposer que l'amour pouvait bien n'être pas étranger à ce qui se passait dans le cœur de sa fille adoptive; elle résolut de s'en assurer.

— Antoinette, lui dit-elle un jour qu'elle l'avait vue entrer à la ferme encore plus triste que de coutume, Mathurine, qui est allée aujourd'hui au château, m'a rapporté qu'on y parlait du retour de M. le chevalier Stéphen : crois-tu que cela soit vrai?

— Le chevalier Stéphen! s'écria Antoinette.

Et son visage s'anima, son cœur se dilata, tandis qu'un tressaillement involontaire agitait ses membres.

La Simonne poursuivit :

— C'est un noble gentilhomme et un grand cœur que M. le chevalier.

— Oh! oui.

La fermière comprit qu'elle avait deviné juste.

— Marjolaine, reprit-elle en attachant un regard interrogateur sur celui de la jeune fille, tu aimes le chevalier?

— Moi! fit celle-ci qui pâlit soudain, moi! aimer M. Stéphen!

— Oui, te dis-je; tu l'aimes, et voilà le secret de ta peine! Oh! n'essaie pas de me le cacher, je le sais.

Antoinette ne répondit pas; elle cacha sa figure dans ses mains et se mit à pleurer.

— Voyons, poursuivit la Simonne avec douceur, tu sais bien qu'il est impossible d'avoir des secrets pour sa mère, et je suis presque ta mère, moi, puisque l'autre n'est plus. Marjolaine, mon enfant, ouvre-moi ton cœur, parle-moi sans crainte.

— Oh! ma mère! ma mère! s'écria Antoinette en se jetant dans ses bras, est-ce que je sais ce que c'est qu'aimer, moi, pauvre fille élevée par charité?

— Antoinette!

— Oh! bonne mère! pardonnez-moi! car je suis insensée et j'ai honte de moi-même! Mais c'est qu'il est toujours là devant moi qui m'appelle! je le vois, je l'entends!... Oh! oui, vous avez raison, je l'aime! je l'aime!

Et, des sanglots dans la voix, la poitrine oppressée, la Marjolaine laissa deviner tout ce qui se passait au fond de son cœur.

La Simonne était épouvantée de cette passion dont l'existence se révélait par tant de douleur; et en songeant à tout ce qu'elle préparait de déception et de chagrins à celle qui s'y était imprudemment livrée, elle se sentit sans force pour la blâmer, et ne put que mêler ses larmes à celles d'Antoinette, qui, pressée de questions, finit par verser dans le sein de sa seconde mère tout le trop plein de son cœur, en lui faisant part de l'espoir que faisait naître en elle la nouvelle du retour de Stéphen.

Or ce retour était une fable dont le prétexte avait servi à la fermière pour savoir la vérité, et elle fut obligée d'en convenir, en ajoutant tout ce qu'elle put imaginer pour faire comprendre à la Marjolaine qu'elle n'avait rien à attendre de l'amour qui s'était emparé d'elle, et que ce qu'elle avait de plus sage à faire était de tâcher d'oublier jusqu'au souvenir du chevalier, qui, vivant à Paris dans un monde auquel il appartenait par sa naissance, ne se préoccupait certes pas de celle dont il était si fort aimé.

La jeune fille parut se rendre à la justesse de ce raisonnement, et promit de suivre le conseil qu'elle recevait; mais il était facile de voir, au pâle sourire qui glissa sur ses lèvres lorsque la Simonne prononça le mot oubli, qu'elle ne croyait guère à la possibilité du sacrifice qu'on lui demandait.

La Simonne n'insista pas, c'eût été peine perdue; elle pensa avec raison qu'en pareille circonstance le temps devait faire plus que les paroles, et elle se contenta d'informer le curé Blondel de l'entretien qu'elle avait eu avec elle.

Celui-ci ne l'approuva pas complétement.

— Vous avez peut-être eu tort, lui dit-il, de provoquer une pareille confession, et il eût mieux valu, à mon avis, favoriser la nouvelle direction de ses idées, qui, paraissant vouloir se tourner vers un but religieux, auraient pu se transformer peu à peu et sans secousses. Cependant rien n'est encore désespéré; continuez à me l'envoyer, et si Dieu veut que cette enfant soit un instrument de sa volonté, il faut bien se garder de vouloir s'y opposer.

La fermière ne comprit pas trop ce que signifiaient les paroles du prêtre; mais, convaincue de l'intérêt qu'il portait à la Marjolaine, elle se retira en emportant l'assurance qu'il ferait tous ses efforts pour détacher du cœur de la jeune fille la fatale passion qui s'y était enracinée.

Or, à peine la Simonne était-elle hors du presbytère, que le curé Blondel prit une plume, de l'encre et du papier, et écrivit une lettre qu'il envoya à Paris.

Huit jours plus tard, la personne à qui elle était adressée partait en toute hâte de la capitale pour se rendre à la Feuillée.

Quant à la Marjolaine, au fur et à mesure que le temps se passait, elle devenait plus rêveuse et plus soucieuse.

Une sorte d'inoffensive folie semblait s'être emparée d'elle.

A tous moments elle s'imaginait être appelée par Stéphen, et elle courait à la cépée qu'il lui avait indiquée la veille de son départ comme lieu de rendez-vous, et, ne l'y rencontrant pas, elle restait un instant immobile, puis repartait pour revenir plus tard.

Or, un soir, il pouvait être neuf heures, depuis longtemps que les gens de la ferme étaient rentrés des champs, la plus parfaite tranquillité régnait dans l'habitation. Antoinette résolut d'aller encore une fois, avant de se mettre au lit, à son pèlerinage favori.

La nuit était venue; il faisait un temps magnifique. La lune s'était levée brillante et lumineuse; ses reflets nacrés répandaient une douce clarté sur la campagne endormie.

Elle s'engagea dans le chemin qu'elle avait déjà tant de fois parcouru vainement et se dirigea vers l'extrémité du parc.

Elle marchait lentement, les yeux fixés à l'horizon, semblant interroger l'espace; et quiconque l'eût vu se promener ainsi seule, au milieu de la nuit, eût été frappé d'admiration.

Jamais, peut-être, elle n'avait été si belle: ses cheveux à demi déroulés s'agitaient doucement sous les caresses d'une légère brise; vêtue d'une jupe de toile grise et d'une simple chemise de lin qui laissait à découvert la naissance de ses épaules, les jambes nues, elle ressemblait ainsi à la poétique figure d'Ophélia.

Son visage, sur lequel frappaient d'aplomb les rayons de la lune, était plus pâle que celui de l'infortunée fille du roi Lear, et un vague sourire voltigeait sur sa bouche mi-close d'où s'échappaient les notes plaintives d'une sorte de chant monotone, dont l'accent bizarre semblait emprunté à une langue inconnue.

Peu à peu, elle accéléra sa marche; et comme si elle eût été mue par une force attractive, lorsqu'elle ne fut plus qu'à une portée de fusil environ du terme de son voyage, elle se mit à courir, tandis que son ombre, démesurément grandie par l'effet de la lumière, semblait errer à travers les arbres qui bordaient la route.

Enfin elle arriva sous la cépée.

Soudain elle s'arrêta et poussa un grand cri.

Un homme était debout devant elle, un homme qui paraissait l'attendre et dont le visage était à demi caché par un large chapeau qui lui dérobait la vue de ses traits.

Ce n'était point Stéphen, et cependant il

Une chaise de poste apparut aux regards étonnés de la Marjolaine. (Page 66).

occupait la place où elle avait cru trouver celui-ci.

Qui cela pouvait-il être?

Il était étranger au pays; son costume était celui des gens de la ville, ou plutôt des gens de château, car Marjolaine se rappelait avoir vu quelquefois le chevalier vêtu à peu près de la même façon.

Surprise au delà de toute expression par la présence de ce personnage, la jeune fille était restée bouche béante à son aspect, sans oser ni fuir ni l'interroger, lorsqu'elle s'entendit appeler par son nom.

— Marjolaine, lui dit l'homme d'une voix sonore, n'est ce point M. le chevalier Stéphen de la Feuillée que vous pensiez rencontrer ici?

Antoinette trembla de tous ses membres.

— Oui! murmura-t-elle.

— Le chevalier Stéphen ne viendra pas, reprit l'étranger.

— Je le sais, répondit Marjolaine qui retrouvait toute sa raison à la suite du choc produit sur son esprit par cet événement inattendu.

— Non! il ne viendra pas; et cependant il n'a pas oublié la Marjolaine, ni le rendez-vous qu'il lui avait donné lorsqu'il lui a dit qu'il l'aimait.

— Quoi ! vous savez cela ?

— Oui ! et je sais aussi qu'il ne tient qu'à la Marjolaine de revoir celui qu'elle aime et dont elle pleure chaque jour l'absence.

— Que dites-vous ?

— Je dis, fit l'inconnu en s'avançant cette fois vers la Marjolaine et en lui prenant les mains qu'il serra dans les siennes, que Stéphen vous attend à Paris, qu'il m'a envoyé vers vous, et que si vous voulez me suivre je vous mènerai à lui.

— A Paris ! s'écria Antoinette dont le regard s'anima au nom de Stéphen, je le reverrai ?

— Vous le reverrez !

— Je lui parlerai ! et il m'aimera ! Oh ! vite ! partons !

— Oui, partons !

— Ah ! un moment ! Il aimait les fleurs, Stéphen ; il m'a dit souvent que j'étais jolie lorsque j'en mettais dans mes cheveux ! Il faut que j'en mette encore ! elles sont si belles les fleurs du bon Dieu ! Ah ! en voici ! elles sont bleues, et puis blanches, comme celles des couronnes de la Vierge, la bonne sainte Vierge des cieux.

Et la pauvre fille, en proie à une joie délirante, arrachait des brins d'herbe dont elle se couvrait la tête.

L'inconnu l'examinait avec curiosité.

Un sourire de satisfaction éclaira son visage.

— Ainsi, reprit-il, c'est convenu, vous partez avec moi pour Paris...

Antoinette hésita un moment : un sentiment de défiance parut tout à coup se produire en elle; l'homme s'en aperçut.

— Songez, lui dit-il, que j'ai promis au chevalier Stéphen de vous ramener.

— Vous lui avez promis cela ?

— Sans doute !

— En ce cas, vous avez raison, il faut partir ; mais, dit-elle soudain, où vous reverrai-je demain ?

— Demain ! pensez-vous ? c'est tout de suite qu'il faut nous mettre en route.

— Mais ma mère Simonne ! Et puis d'ailleurs, fit-elle en croisant les bras sur sa poitrine par un mouvement de pudeur instinctif, voyez, je suis à peine vêtue ! Oh ! non ; d'ailleurs, c'est impossible !

— Rassurez-vous ; tenez, prenez ce manteau ; vous trouverez dans mon carrosse tout ce qu'il vous faudra pour vous habiller, et, à la première ville où nous nous arrêterons, vous pourrez procéder à votre toilette : une femme vous y aidera. Mais, de grâce, ne perdez pas de temps ! Venez ! venez ! Stéphen vous attend.

— Me voici ! marchons.

— Et elle suivit l'étranger, après avoir jeté sur ses épaules le manteau qu'il lui avait offert.

Celui-ci fit quelques pas et siffla d'une certaine façon, en continuant d'avancer.

Soudain une chaise de poste attelée de deux chevaux apparut aux regards étonnés de la Marjolaine.

Sur un signe de son conducteur, elle y monta. Une femme occupait déjà l'intérieur : elle se plaça auprès d'elle; l'homme s'assit sur la banquette de devant.

Un coup de fouet retentit et les chevaux prirent le galop.

VIII

De la partie de chasse que le roi Louis XV fit dans la forêt de Sénart, et de l'incident qui la signala.

Le roi Louis XV avait deux passions dominantes, la chasse et la cuisine.

Nul mieux que lui ne savait tuer un chevreuil en lui logeant une balle de plomb dans la tête, et accommoder un poulet en l'arrosant d'une sauce au basilic, dont il semblait avoir trouvé le secret.

Donc, lorsque le monarque n'était pas occupé à travailler avec M. Chauvelin, ou à signer les innombrables lettres de cachet qu'il distribuait avec tant de grâce à ses familiers, on était sûr de le voir poursuivre le gibier qui peuplait les belles forêts destinées aux chasses royales, ou, les reins ceints d'un tablier de cuisine, apprêter, en digne émule de Vatel, quelque plat dont la savante combinaison dénotait une aptitude toute spéciale.

Passions bien innocentes d'ailleurs, et qui n'eussent fait aucun tort à son surnom de *Bien-Aimé* si, plus tard, celle des femmes n'était venue lui faire donner celui de Débauché, le seul qui convienne au voluptueux monarque qui sut si mal choisir les reines de son cœur.

A l'époque où se passe ce récit, Louis XV était loin de faire supposer à ceux qui l'entouraient qu'il deviendrait un jour l'amant d'une Pompadour et d'une Du Barry, et il eût alors rejeté loin de lui avec indignation l'idée du Parc-aux-Cerfs, si quelqu'un eût été assez osé pour la lui proposer.

Tout entier à l'amour qu'il portait à la reine Marie Leczinska, il avait sagement repoussé les pernicieux conseils qui lui avaient été donnés par des courtisans sans vergogne qui mettaient tout en œuvre pour le forcer à oublier, dans les plaisirs et dans le libertinage, les devoirs que lui imposait la couronne qu'il portait au front.

Certes, les plus opulentes beautés ne manquaient pas à la cour de France !

Et le sceptre bâtard des Montespan et des Maintenon, qui leur apparaissait dans l'ombre du passé, leur offrait assez de tentations pour qu'elles briguassent à l'envi le déshonneur de le tenir.

Nous n'avons pas la prétention de présenter le Louis XV d'alors comme un Caton, et, en fouillant l'histoire de sa vie privée, on trouverait sans doute le récit de quelque équipée due à la complaisance du valet de chambre Bachelier, précurseur du trop fameux Lebel ; mais il y avait loin de ces légères incartades, qui ne laissaient derrière elles qu'un fugitif souvenir de peccadilles sans importance, aux déréglements sans frein que l'avenir devait si malheureusement dévoiler aux yeux de l'Europe.

Ces amours d'un jour sans lendemain restaient, comme ils devaient l'être, ensevelis dans l'ombre qui les effaçait, et le caprice qui les provoquait n'allait pas porter la honte et la désolation au milieu des plus nobles familles du royaume.

Attaché à la mère de ses sept enfants, le roi, disons-nous, passait pour être bon époux, et cependant, depuis quelque temps, le nom de Mme de Mailly circulait d'une façon qui laissait concevoir la possibilité d'un amour naissant.

Quelques courtisans, ordinairement bien informés, tels que MM. de Richelieu, de Coigny, de Gontaut, prétendaient même que la comtesse n'avait plus rien à refuser au monarque ; mais rien n'était encore moins prouvé, et, soit que le roi se fût fait une loi de la discrétion, soit qu'il fût véritablement moins avancé qu'on le disait dans les faveurs de Mme de Mailly, toujours est-il que personne ne se permettait d'en parler haut, et que toutes les jeunes et jolies femmes, qui espéraient faire remarquer les attraits dont la nature les avait pourvues, continuaient à se placer le plus possible sous les regards du roi, qui semblait les remercier toutes de leurs excellentes dispositions à son égard, mais ne paraissait nullement vouloir en profiter.

Il chassait plus que jamais et cuisinait avec acharnement.

Or, un jour du mois de septembre que toute la cour était à Choisy, une grande chasse fut ordonnée pour le lendemain dans la forêt de Sénart.

Et le lendemain, dès neuf heures du matin, la route de la forêt était sillonnée par le gros des équipages qui se rendaient au rendez-vous indiqué.

C'était une superbe matinée de fin d'été.

Le soleil s'était levé au milieu d'une vapeur diaphane qui s'étendait sur toute la campagne, et une légère brise pleine de senteur rafraîchissait l'air.

Le sol, ferme sous les pieds des chevaux, semblait avoir été battu et finement humecté par la rosée de la nuit.

En un mot il faisait un véritable temps de chasse, qui promettait une heureuse journée.

On ne voyait qu'uniformes brillants et costumes pleins d'élégance et de coquetterie ; une multitude de cavaliers galopaient vers l'endroit convenu. Puis c'étaient les officiers de la vénerie, les palefreniers, les piqueurs, les valets de chiens, les valets de limiers, la botte au cou pour faire le bois, et tous les auxiliaires indispensables au plaisir cynégétique.

Ensuite venaient les fourgons contenant le vin de Sa Majesté et les vivres, le caisson destiné au transport du cerf, et les carrosses du porte-arquebuse ; ceux des invités.

Et tout cela s'agitait, marchait, courait; les gentilshommes causaient entre eux, les laquais criaient; de manière à former le tableau le plus pittoresque et le plus animé qu'il fût possible de voir.

A dix heures, le roi arriva, suivi du grand

veneur et des principaux personnages de la cour.

Soudain le cri de *taïaut* retentit, les trompes sonnèrent, et le monarque, après avoir reçu du grand veneur l'estortuaire destiné à parer et écarter les branches qui pourraient se trouver sur son passage, courut à l'attaque.

Le clatissement de la meute se mêla au son des fanfares et aux cris des piqueurs, et les chiens, jusque-là tenus en harde, les armés, les buttés, les courtauds et les clabauds, les étruffés, s'élancèrent en avant !

Puis le requêté se fit entendre.

Des chiens avaient perdu la voie !

Et les cavaliers, au galop, se croisèrent et se distancèrent dans les longues avenues. Bientôt les chiens, qui couraient sous le manteau de la forêt, furent ralliés, la bonne voie était prise.

La chasse est lancée, chasse splendide, avec toutes ses péripéties émouvantes et ses émotions diverses; avec ses courses à travers les allées ombreuses, les clairières et les sentes, avec ses mille bruits de cuivre retentissants, de voix humaines, des cris de douleur, de hennissements et d'aboiements !

Le cerf fuyait toujours, poursuivi à outrance.

Soudain le roi, qui jusqu'alors avait tenu la tête des chasseurs, modéra son ardeur et s'arrêta à un relais placé à l'issue d'un carrefour, laissant à ses compagnons le soin de courir sur les traces du cerf.

Il était là depuis quelques moments lorsque des gentilshommes de sa suite, parmi lesquels étaient MM. de Souvré et d'Ayen vinrent le prévenir que le cerf avait fait un retour, et qu'il appuyait sur la gauche du chemin des Trois-Voies.

Le roi repartit, accompagné du vicomte de Roncenelles, dont il se plaisait à écouter les propos médisants et les récits anecdotiques.

C'était un conteur par excellence que M. de Roncenelles, et le degré d'intimité dont il jouissait auprès de Sa Majesté le roi de France et de Navarre était dû à l'heureux choix qu'il savait faire des facétieuses historiettes qu'il lui racontait.

Il ne se passait pas une aventure scandaleuse à la cour, une infortune conjugale, sans que le vicomte en fût instruit et vînt en relater tous les détails au roi, détails qu'il amplifiait et embellissait, selon la coutume des conteurs et des chroniqueurs de tous les temps.

Et le monarque était très-friand de ces nouvelles qui l'égayaient et le mettaient au courant des galanteries des plus jolies femmes de sa cour.

Or Louis XV causait donc avec M. de Roncenelles, et les quelques éclats de rire qui lui échappaient témoignaient de l'attention qu'il prêtait aux récits du vicomte, qui, probablement dans le but de n'être indiscret qu'en faveur de son royal auditeur, baissa soudain la voix de façon à n'être entendu que de lui. MM. de Souvré et d'Ayen, qui venaient derrière eux, ralentirent alors l'allure de leurs chevaux.

Le roi et M. de Roncenelles restèrent donc assez isolés pour que personne ne pût saisir le sens de leur conversation.

Elle roulait sur la dernière bonne fortune de M. de Richelieu, ce héros de la séduction, qui passa sa vie à changer d'amours.

Et, comme cette fois le mari trompé n'était rien moins qu'un fermier général, marié depuis trois mois, on pense si l'aventure plaisait au roi !

— Monsieur de Roncenelles, dit-il au vicomte, cet endiablé Richelieu est décidément un vainqueur irrésistible ; mais je m'étonne qu'on puisse s'éprendre si vivement et se détacher si promptement.

— Sire, on ne commande pas toujours à son cœur.

— Eh ! monsieur, repartit le roi, ce n'est pas le cœur qui est ainsi fait; s'il aime, il est constant.

— Sans doute ; mais cependant Votre Majesté ne peut nier que la vue d'une femme d'une grande beauté soit de nature à faire impression...

— Monsieur le vicomte, la femme qu'on aime est toujours la plus belle.

— Votre Majesté doit avoir raison, car, parmi les plus jolies femmes de la cour, il n'en est guère qui n'eussent été heureuses d'être remarquées par elle.

— Oui ; mais aucune d'elles ne m'a paru plus belle que la reine, monsieur !

Devant cette réponse, qui faisait le plus bel éloge des sentiments du roi, le vicomte ne put que garder le silence; c'est ce qu'il fit, imitant en cela le roi, qui ne jugea pas à propos de continuer plus longtemps l'examen de la question agitée par le vicomte.

D'ailleurs, il était arrivé au chemin des Trois-Voies; un officier de service le prévint que le cerf avait été vu et que les veneurs assuraient qu'il commençait à tourner le pied, c'est-à-dire à perdre ses forces.

Louis XV, satisfait, allait continuer à se rapprocher de la chasse, lorsque soudain des cris d'effroi se firent entendre, et au même instant une jeune femme en amazone et montée sur un cheval lancé à fond de train déboucha d'une allée traversale et vint rouler sur le sol, à quelques pas du roi, tandis que sa monture, de plus en plus effrayée, continuait sa course furieuse.

Le roi s'était arrêté en poussant un cri de terreur, tandis que le vicomte et les deux gentilshommes qui se trouvaient derrière lui s'empressaient autour de sa personne.

— Vite, messieurs, dit le roi, secourez-la!

Mais, avant même qu'ils eussent mis pied à terre, Louis XV était sauté à bas de son cheval.

Il fut frappé de la splendide beauté de l'amazone, qui était restée immobile et comme privée de sentiment.

— Mais c'est une enfant! s'écria-t-il.

Et une profonde émotion se lut sur son visage.

En un clin d'œil, le premier médecin, qui accompagnait le roi à distance, fut sur le lieu de l'accident, et il s'apprêtait à donner à la jeune personne les soins que pourrait réclamer son état, lorsque celle-ci, aidée par M. de Roncenelles, se releva et rouvrit les yeux.

— Oh! mon Dieu! s'écria-t-elle, j'ai eu bien peur!

Et la pâleur de son visage confirmait ses paroles.

Mais soudain son regard se porta sur le roi, qui, debout devant elle, semblait le plus empressé à lui voir reprendre ses sens.

— Oh! Sire, dit-elle, que Votre Majesté veuille bien me pardonner: c'est mon cheval qui s'est emporté, et je n'ai pas eu la force de le maîtriser.

— Que je vous pardonne, mon enfant! répondit le roi en attachant sur elle un regard charmé; et que pourrais-je vous pardonner? De grâce, remettez-vous!

— Oh! Votre Majesté est trop bonne! Ce n'est rien.

— Mais vous êtes blessée peut-être... Bachelier, fit le roi en s'adressant à son valet de chambre, qu'on amène sur-le-champ un carrosse! Voyons, mademoiselle, reprit-il en prenant la main de l'amazone dans la sienne, encore une fois calmez-vous.

Celle-ci ne répondit pas, mais la pâleur qui couvrait son visage disparut et son front se colora, tandis que son sein se soulevait précipitamment.

— Vous souffrez, n'est-ce pas? lui demanda Louis XV qui ne pouvait se rassassier de contempler la ravissante physionomie de l'intéressante personne.

— Plus maintenant, Sire: j'ai eu grand'-peur, voilà tout.

Et, pour prouver au roi qu'elle disait vrai, elle essaya de marcher.

Par un mouvement instinctif, Louis XV lui présenta son bras, afin qu'elle pût s'y appuyer.

L'amazone rougit plus encore, et, toute tremblante, elle fit quelques pas en compagnie du monarque.

— Mademoiselle, lui dit celui-ci avec une exquise politesse, il me semble que c'est aujourd'hui la première fois que j'ai l'avantage de vous voir: quel est votre nom!

—Je me nomme Adrienne, Sire, fit la jeune fille en baissant les yeux, et je suis la fille du marquis de Saint-Acheul.

— De Saint-Acheul! Oui, je me rappelle ce nom; je l'ai entendu prononcer par M. le cardinal; mais je ne sache pas que M. votre père monte dans les carrosses.

Cette expression, « monter dans les carrosses », se disait des gentilshommes admis à faire partie des chasses royales, et nul ne pouvait prétendre à cet honneur s'il n'était au service et avait au moins le grade de sous-lieutenant.

Le marquis de Saint-Acheul n'avait aucune qualité à cet effet: ce fut la réponse que fit Adrienne à l'observation du roi, qui n'en témoigna pas moins à la jeune fille une grande courtoisie, et lui demanda très-gracieusement comment elle se trouvait dans la forêt de Sénart.

— Sire, lui dit-elle alors avec un peu de confusion, mon père savait que Votre Majesté devait y chasser aujourd'hui, et c'était afin de me procurer l'honneur de la voir qu'il avait résolu de me mener sur son passage; j'étais avec lui à l'entrée de la forêt, lorsque mon cheval, effrayé par le bruit du cor, s'est soudainement emporté, malgré les efforts que j'ai faits pour le retenir.

— Mon enfant, reprit le roi, il faut que dorénavant M. de Saint-Acheul s'y prenne d'une autre façon pour vous donner le moyen de paraître parmi les dames de la cour; s'il est bon gentilhomme, comme je le suppose, qu'il sollicite une présentation, et nous verrons s'il est possible de la lui accorder.

Adrienne s'inclina avec reconnaissance.

Sur l'ordre qu'en avait donné le roi, le capitaine des chasses avait fait avancer un carrosse, afin que la jeune fille pût être transportée hors de la forêt; mais celle-ci remercia Sa Majesté, et elle n'osa profiter de la bonté qu'elle lui montrait, et dont les effets contrastaient fort avec les règles prescrites par le cérémonial et l'étiquette ordinaires.

Elle hésitait à monter dans le carrosse qui était devant elle, lorsque tout à coup un cavalier, monté sur un magnifique genet d'Espagne, arriva en toute hâte vers le groupe royal.

Déjà les gentilshommes de la suite du roi s'apprêtaient à lui barrer le passage, de manière à l'empêcher de parvenir auprès de Sa Majesté; mais Adrienne, tournant la tête de son côté, poussa soudain un léger cri de joie.

— Mon père! dit-elle.

— Vous le voyez bien, messieurs, dit le marquis en s'adressant aux seigneurs qui l'entouraient, c'est ma fille!

Le roi fit un signe.

Chacun s'empressa de s'écarter, et le marquis, sautant à terre, s'inclina profondément devant le roi, qui le salua de la main et partit, tandis qu'Adrienne, remontant en selle sur le cheval qu'on était parvenu à arrêter, le rassurait sur le danger qu'elle avait couru.

Or le vicomte de Roncenelles, qui connaissait de longue date le marquis, s'avança près de lui au moment où il le vit se disposer à regagner la lisière de la forêt, et lui dit à voix basse;

— Bravo! marquis: ou je me trompe fort, ou bientôt Sa Majesté n'aura rien à vous refuser!

Et, laissant là le marquis interdit, il rejoignit le gros des gentilshommes qui suivaient le monarque à travers les allées ombrageuses de la forêt.

Louis XV avait repris la chasse et accomplissait de nouveau maintes prouesses.

La journée se passa sans qu'il parlât de l'aventure de Mlle de Saint-Acheul; mais, au retour, il profita du moment où le vicomte avait repris la tête de l'escorte pour l'appeler près de lui, sous le prétexte de lui faire certaines observations relatives au cerf qu'on avait lancé, mais en réalité pour lui demander quelques renseignements sur le marquis de Saint-Acheul et surtout sur sa fille, dont la vue avait paru faire sur son esprit une vive impression.

Le vicomte se hâta d'accourir.

— Monsieur de Roncenelles, lui dit le roi du ton le plus indifférent, vous connaissez le marquis de Saint-Acheul?

— Oui, Sire, depuis plusieurs années.

— Pourquoi n'est-il pourvu d'aucun office?

— Sire, le marquis est un homme de plaisir qui ne songe qu'à passer sa vie de la façon la plus agréable, et dont toute l'ambition est de pouvoir satisfaire ses passions.

— En vérité? dit le roi.

Et il garda le silence pendant quelques instants.

Puis il reprit:

— Sa fille est bien belle! Ne songe-t-il point à la marier?

— Je ne le pense pas, Sire.

— Quel âge a-t-elle?

— Dix-sept à dix-huit ans.

— Quelle est sa mère?

— Elle est fille d'une Anglaise que le marquis avait épousée lors d'un voyage qu'il fit à Londres, mais qu'il a perdue depuis son retour en France.

— Elle est bien belle! répéta le roi à demi-voix.

Et il termina la conversation.

L'hallali venait de sonner, et les fanfares éclatantes célébraient le succès de la chasse.

Le cerf était acculé au milieu de la meute ardente qui l'environnait, tandis qu'un cercle de piqueurs sonnaient pour appeler au loin tous ceux qui n'avaient pu suivre.

Soudain Louis XV descendit de cheval, prit la carabine qui lui était présentée et tira.

Alors le premier piqueur leva le pied droit de l'animal que le plomb royal venait d'abattre, le natta et le donna au capitaine des chasses, qui le remit au grand veneur; celui-ci, le chapeau à la main, le présenta à Sa Majesté.

Le roi se découvrit pour le recevoir.

Puis les valets de chasse déshabillèrent le cerf et le dépecèrent, et l'officier donna le signal de la curée.

Au bout de quelques instants il ne restait plus de l'animal que les os, tout avait été dévoré.

On sonna la retraite prise, et le roi se mit en route pour Choisy; mais le succès de la chasse n'occupait pas seul sa pensée.

— Roncenelles, dit-il au vicomte lorsqu'il fut sur le point de rentrer au château, vous rappellerez à M. le marquis de Saint-Acheul qu'il peut m'adresser une requête de présentation.

IX

Où l'on voit que M. le marquis de Saint-Acheul et M. le vicomte de Roncenelles étaient faits pour s'entendre.

On se rappelle qu'après avoir lâchement assassiné M. de Montlieu dans le chemin creux du bois avoisinant la ferme des Coudriers, le comte de Blancheroy était monté dans la berline qui l'avait amené chez la fermière Simonne.

Or, soit qu'il redoutât les suites du meurtre qu'il venait d'accomplir, bien qu'il ne crût pas avoir été vu le commettre, soit qu'il lui répugnât de revenir à Paris, où son aventure ne manquerait pas de faire du bruit, il donna l'ordre au postillon de le conduire à sa terre de Saint-Aubin, où il devait mener la malheureuse Antoinette.

Une fois là, il réfléchit au parti qu'il avait à prendre.

— Sa Majesté, dit-il, aimait fort M. de Montlieu, et, lorsqu'elle apprendra que je l'ai tué, elle sera de fort méchante humeur; mais, si elle apprend en même temps que Mme de Montlieu est morte en donnant le jour à un enfant qui était le mien, et que je suis l'auteur de toute cette fâcheuse affaire, elle ne pourra résister à l'envie de me faire faire un tour à la Bastille, et cela me désobligerait fort! Voyons, récapitulons : grâce à ce malheureux événement, que je déplore de tout mon cœur, me voici débarrassé d'Antoinette, dont l'amour commençait à devenir monotone; quant à son époux, ma foi, tant pis pour lui! ce forcené m'eût occis sans miséricorde, et je crois que le plus prudent était de prendre l'initiative. Je suis libre : c'est le cas d'en profiter pour voyager; pendant ce temps mon affaire s'assoupira, et je trouverai peut-être à l'étranger l'occasion de refaire la fortune que j'ai perdue. Allons, c'est dit. Le roi d'Angleterre a besoin à sa cour d'hommes d'action et de bons conseils : je suis certain qu'il m'accueillera favorablement.

Et il était parti pour Londres.

C'était un hardi aventurier que le noble comte de Blancheroy.

Dénué de fortune personnelle, et d'une naissance à peu près inconnue, il avait eu le talent de rendre un important service au cardinal Dubois, dont il avait détruit les traces du mariage secret en dérobant le livre dans lequel il était consigné, et en récompense il avait obtenu la transmission sur sa tête d'un comté dépendant de la succession d'une famille éteinte, ce qui lui permettait de faire figure parmi les gentilshommes titrés dont il était devenu l'égal.

Joueur, prodigue, débauché, il ne vivait que des sommes qu'il recevait de Dubois en paiement de certains bons offices qu'il continuait à lui rendre, et dont le plus innocent eût suffi pour l'enfermer jusqu'à la fin de ses jours à la Bastille.

Il avait aimé Mme de Montlieu, ou plutôt il l'avait séduite, dans la pensée qu'elle l'aiderait à consolider sa position, et, s'il avait consenti à ce qu'elle quittât Paris pour aller cacher sa faute à Saint-Aubin, c'est qu'elle avait pris le soin de l'informer que, pour ne pas l'obliger à des dépenses imprévues, elle emportait avec elle ses diamants, dont la vente devait servir à payer les soins de la femme qui élèverait son enfant, et la mettre à même de fuir partout où il lui plairait si, par aventure, son mari venait à être instruit de sa faute.

Or, comme M. de Blancheroy était un homme qui savait tirer parti de tout, il avait eu la précaution de conserver les diamants après la mort de Mme de Montlieu, et la première chose qu'il fit en arrivant à Londres fut d'en réaliser la valeur en belles et bonnes espèces.

Il avait pensé juste en prévoyant qu'il serait bien reçu à la cour du roi Georges.

Il se donna pour une victime du cardinal Dubois, offrit son épée au roi, lui fit entendre qu'elle pourrait servir utilement dans la guerre qui se préparait contre l'Espagne, et il manœuvra si bien sa barque, qu'au bout de quelques années il se trouvait pourvu d'un emploi qui lui permettait d'aspirer aux plus grandes fonctions, et marié à une femme appartenant à la meilleure noblesse d'Angleterre.

Il resta à Londres pendant environ dix ans, passant alternativement par toutes les phases de la bonne et de la mauvaise fortune.

Au bout de ce temps, un oncle maternel qu'il avait en Picardie vint à mourir en lui laissant tout ce qu'il possédait, avec le titre de marquis de Saint-Acheul, qu'il l'obligea de porter à défaut d'héritiers directs mâles.

Ce fut sous ce nom qu'il rentra en France avec sa femme et son enfant, une jeune fille née à la fin de la première année de son mariage.

Ce qu'il avait prévu arriva : le souvenir du comte de Blancheroy était à peu près éteint, le marquis de Saint-Acheul fut accueilli comme un nouveau venu

La France avait été jadis le brillant théâtre de ses exploits ; il les y continua avec succès.

Sa femme mourut.

Le jeu, l'intrigue et les menées de toute nature occupèrent son existence. Jeté, on ne sait pourquoi, au milieu du parti janséniste, il se fit bientôt remarquer par les extravagances sans nombre qui le placèrent au premier rang des chefs habiles qui exploitaient la crédulité publique par le spectacle des jongleries exécutées par des fanatiques et des misérables.

Le cardinal de Fleury avait été plus d'une fois informé des relations qui existaient entre lui et les convulsionnaires; mais, bien que le ministre se distinguât par la sévérité avec laquelle il traitait les jansénistes et les disciples du diacre Pâris, il avait toujours reculé à sévir contre le marquis, bien qu'il ne doutât en aucune façon de sa complicité avec les ennemis des jésuites.

M. de Saint-Acheul était un de ces hommes déterminés dont la main est toujours pleine de vérités, et la crainte qui les entoure fait plus pour leur sauvegarde que toutes les protections imaginables.

Bref, c'était un homme à ménager, et le marquis le savait si bien, qu'il était à peu près certain de n'être jamais inquiété, tant qu'il ne dépasserait pas la limite des écarts qu'on pourrait lui tolérer.

Aussi se laissait-il aller au courant des événements, ne songeant qu'à profiter de ses liaisons avec les protecteurs du parti janséniste et avec M. le duc de Bourbon pour tenter de rétablir sa fortune considérablement compromise, en mariant Adrienne avantageusement, c'est-à-dire en la donnant à un homme n'ayant pas de préjugés et ne voyant aucune difficulté à ce que sa femme se chargeât d'attirer sur lui la faveur royale.

Mais, pour cela, il ne fallait pas qu'un sot amour vînt tout à coup se placer en travers de ses vues.

Et comme le marquis était un logicien profond, il se dit que, pour éviter la venue de l'amour, il fallait isoler sa fille, de façon qu'elle ne vît personne qui pût lui en inspirer.

Il éleva donc Adrienne en la tenant cachée à tous les yeux, sous la garde de Médard, un laquais qu'il avait habitué à lui rapporter chaque jour le détail des moindres actions de celle qu'il servait.

Médard, qui était bien payé, s'acquittait de sa tâche avec une exactitude qui lui faisait honneur.

On sait que les promenades de la jeune fille avaient été suspendues à la suite des rencontres successives de Frédéric; c'était Médard, ainsi que le pensait Adrienne, qui en avait instruit le marquis.

Celui-ci redoubla de précautions pour soustraire sa fille à toute tentative d'amoureux.

Mais le hasard, qui déjoue les meilleures combinaisons, avait su le mettre en défaut, et, grâce aux colombes, Frédéric avait pu

pénétrer dans la place, quelque fortifiée qu'elle fût.

C'était un grand péril ; mais il devint plus grave encore aux yeux de M. de Saint-Acheul, lorsqu'il sut que le gentilhomme dont il avait à craindre la jeunesse et les sentiments n'était autre que le baron Frédéric de Montlieu, le fils de l'homme qu'il avait assassiné.

C'était comme un défi que lui jetait le sort.

En homme prudent, il refusa de l'accepter, et, sachant par expérience que le meilleur moyen de préserver Adrienne était de ne pas l'exposer à lutter, il prit sur-le-champ la résolution de partir avec elle pour Épinay, où il possédait une maison de campagne, voisine de celle de M. de Roncenelles, l'homme qu'il supposait pouvoir bien être celui qu'il faudrait pour époux à Adrienne.

Donc, le lendemain même du jour où il avait reçu la visite de Frédéric, il quitta, en compagnie d'Adrienne, son hôtel de la rue du Chemin-du-Rempart pour Épinay. Une chasse se préparait dans la forêt de Sénart.

Le marquis songea à en profiter pour placer adroitement Adrienne sur le parcours du cortége, de façon que le roi remarquât sa présence.

Adrienne était toute joyeuse d'assister à ce spectacle nouveau pour elle ; ce fut donc avec un véritable plaisir qu'elle se disposa à obéir à l'ordre de son père, qui lui avait commandé de revêtir un costume d'amazone et de l'accompagner à l'entrée de la forêt de Sénart.

Certes, le souvenir de l'entretien qu'elle avait eu avec Frédéric occupait presque exclusivement sa pensée, et, lorsqu'il lui avait fallu partir de Paris, c'est-à-dire s'éloigner de celui qu'elle aimait tant, elle s'était sentie bien chagrine ; mais le plaisir qu'elle se promettait d'éprouver en assistant à la chasse royale avait rendu à son visage l'expression de la gaieté qui s'y peignait habituellement lorsqu'il lui était permis de rompre l'uniformité de la vie assez monotone qu'elle menait à l'hôtel.

Vêtue d'un élégant habillement de chasse en satin bleu qui lui seyait à ravir, et montée sur un cheval blanc qui frémissait sous la main qui le domptait, la jeune fille arriva au carrefour où devait passer le roi. Mais soudain, soit que, malgré son talent d'écuyère, elle n'eût pas su maîtriser l'ardeur fougueuse de sa monture, soit que l'animal eût été effrayé par la vue d'un objet quelconque, toujours est-il qu'il s'emporta, non sans causer un vif effroi à l'amazone qui se voyait exposée à se briser le corps dans une chute presque inévitable.

On sait comment elle vint tomber aux pieds du roi, et comment celui-ci, en volant à son secours, demeura frappé de sa beauté.

Le marquis, épouvanté d'abord à l'aspect du danger que courait sa fille, s'était élancé sur sa trace, tremblant à tout moment d'être témoin d'une catastrophe cruelle.

Lorsqu'il acquit la certitude qu'elle en avait été quitte pour quelques légères contusions, sans aucune gravité, il se réjouit intérieurement de l'opportunité de cet accident, qui était venu si à propos donner au roi l'occasion de voir et d'admirer sa fille.

Mais les quelques paroles qu'avait prononcées le vicomte de Roncenelles lui donnèrent à réfléchir.

« Bientôt, avait-il dit, Sa Majesté n'aura rien à vous refuser. »

C'était plus qu'il ne désirait.

On va savoir pourquoi.

Certes, pour un homme de sa trempe, il serait naturel de penser que, devinant la profonde impression que le roi avait ressentie à la vue de sa fille, il s'en félicitât.

Point.

Élevé à la cour du régent, dans des principes qui étaient loin d'être ceux d'une morale austère, le marquis, il est vrai, n'eût pas considéré comme une honte la possibilité d'une intrigue amoureuse, mais il l'eût empêchée.

Il avait été témoin des désordres de Philippe d'Orléans, les avait partagés, et il savait que chacun, à la cour, poussait le roi à suivre les tristes errements du régent.

Or il y avait une notable différence entre les plaisirs grossiers et passagers que ce dernier avait cherchés auprès des femmes de la cour, et le respect et la considération que le grand roi avait témoignés autrefois à Mme de Maintenon, reine sans couronne, mais non sans pouvoir, dont le sceptre invisible avait si longtemps gouverné la France.

Et Louis XV aimait trop sincèrement la mère de ses enfants pour permettre qu'à côté d'elle s'élevât une favorite, dispensatrice de la fortune et des honneurs.

Et même, en admettant que cela fût possible, nul doute que ce rôle ne fût dévolu à Mme de Mailly, dont on s'entretenait plus que jamais à la cour, et qui passait pour être déjà pleine d'influence sur l'esprit et les volontés du roi.

Donc, si Louis XV avait été profondément touché de la beauté d'Adrienne pour en devenir subitement épris, il était impossible que cette passion si vive fût autre chose qu'un caprice éphémère, sans aucune chance de durée.

Or, disons-le, le marquis était loin de consentir à permettre qu'il fût satisfait.

Dénué de tous les bons sentiments qui animent un honnête homme, M. de Saint-Acheul, toutefois, aimait sa fille, et, sans aucune notion du véritable honneur, croyant que le bonheur consiste dans l'éclat de la fortune, la puissance et la jouissance de tous les plaisirs, il eût considéré sa fille comme parvenue au comble de la félicité humaine en la voyant occuper la place de femmes qui savent imposer au monde leur quasi-royauté ; mais il se fût bien gardé d'encourager tout ce qui n'eût été que du libertinage.

Singulier raisonnement qui eût été un admirable point de controverse à offrir, pour le débattre, aux jansénistes et aux jésuites, toujours prêts à argumenter et à se contredire.

La situation, on le voit, était assez délicate ; cependant rien n'annonçait encore qu'elle fût ce qu'il pensait.

Il reçut la visite du vicomte de Roncenelles.

Il était chargé par le roi de s'informer des nouvelles de Mlle de Saint-Acheul et de savoir si l'accident qui lui était survenu n'avait pas eu des suites fâcheuses.

— Mon cher marquis, lui dit-il, à la façon dont Sa Majesté s'est entretenue avec moi de votre charmante fille, il est aisé de voir qu'il a rendu justice à son incomparable beauté.

— Quoi ! vous supposeriez ?

— Je ne suppose pas, j'en suis sûr, que le roi est tombé subitement amoureux d'elle et qu'il ne tient qu'à vous de demander telle faveur qu'il vous plaira.

— Vous vous abusez, vicomte, sur la nature de l'intérêt que veut bien témoigner Sa Majesté à Adrienne.

— Point ; et elle est tellement désireuse de la revoir, qu'elle m'a commandé de vous faire savoir que vous pourriez solliciter sa présentation : c'est vous dire qu'elle sera accordée sans difficulté.

— Sa Majesté est vraiment trop bonne, répondit le marquis ; mais j'ai résolu de ne lui demander cette grâce que lorsque Adrienne sera mariée, et, aussitôt que j'aurai rencontré un époux digne d'elle, je m'empresserai de...

— Comment ! vous refusez l'occasion qui vous est offerte ?

— Non pas, mais je veux attendre encore pour mieux en profiter. Pensez-vous donc qu'il soit convenable, sachant la nature du sentiment dont le roi est, dites-vous, animé pour ma fille, que je l'expose à recevoir ses hommages ?

Le vicomte regarda fixement M. de Saint-Acheul ; il ne le croyait pas si scrupuleux.

— Ma foi, mon cher marquis, excusez ma franchise, mais je ne m'attendais pas à vous trouver si chatouilleux sur ce point.

— Mais, vicomte, il me semble que mon devoir de père est de veiller sur l'honneur de ma fille.

— Sans doute ; mais quand il s'agit du roi !

— Cela ne change absolument rien aux choses.

— Peste ! je ne suis pas de votre avis, et beaucoup d'autres pensent comme moi ! Eh ! mon cher, regardez donc autour de vous ! Est-ce que les plus nobles et les plus jolies femmes de la cour ne font pas toutes assaut de grâce et de coquetterie pour captiver les regards de notre bon monarque ? Faut-il vous citer les noms de celles qui appartiennent aux meilleures familles de France, et qui ne se trouveraient nullement fâchées si le roi voulait bien les distinguer ?

— C'est inutile, je le sais.

— Et, continua le comte, ne connaissez-vous point aussi bon nombre de maris qui seraient tout disposés à prouver au roi leur zèle et leur dévouement en sacrifiant leur bonheur domestique à celui de Sa Majesté ?

— A la bonne heure ! qu'un mari laisse sa femme complétement maîtresse de ses actions, cela se conçoit ; mais Adrienne n'est pas mariée...

— Mais je ne vois pas la différence qui peut exister...

— Il en existe une très-grande. L'honneur de ma fille est le mien, et, je vous le répète, mon devoir est de veiller à ce que nul, pas même le roi, ne puisse l'attaquer : c'est ce que je fais ; mais qu'un mari se présente et consente à faire le sacrifice dont vous parlez, je ne m'y opposerai en aucune façon.

Et il accompagna ces paroles d'un coup d'œil qui signifiait clairement qu'il serait enchanté de mettre la main sur un mari de cette espèce.

Le vicomte en saisit le sens.

— Marquis, dit-il, votre raisonnement est celui d'un homme d'esprit ; mais, en cherchant bien, on pourrait trouver ce que vous désirez.

— Le pensez-vous ?

M. de Roncenelles s'inclina, et à son tour lança un regard qui témoignait de la faculté qu'il avait de comprendre à demi-mot.

— Je le crois, dit-il ; mais, puisque je connais maintenant votre intention, permettez-moi de vous donner un conseil.

— Parlez.

— Sa Majesté a laissé facilement voir l'émotion que lui avait causée la vue de votre aimable fille, et, bien qu'elle soit incapable de rien ordonner pour mettre Mlle de Saint-Acheul dans la nécessité de ne pouvoir résister à la passion qu'elle lui a inspirée, il ne manque pas à la cour des gens empressés d'aller au-devant des désirs du roi, Bachelier entre autres. Bachelier, qui, vous le savez, ne cherche qu'à lui faciliter les occasions de se distraire, a eu connaissance de ce qui s'est passé, et nul doute qu'il ne tente quelque machination pour attirer Adrienne soit dans quelque pavillon de chasse où le roi devra s'arrêter, soit...

— Comment ! s'écria le marquis, vous croyez qu'il oserait ?

— Je ne l'affirmerais pas, mais je le crains, et je pense que le plus prudent serait de prévenir tout ce qui pourrait être entrepris, en retournant au plus vite, vous et votre fille, à Paris.

— Mais vous n'y songez pas ! Adrienne est ici avec moi, sous ma garde, et il est impossible que quelqu'un soit assez hardi pour commettre un enlèvement ou quoi que ce soit de ce genre ; d'ailleurs, Adrienne est trop timide et trop réservée pour aller donner dans un piége qui ne pourrait lui être tendu qu'au dehors.

— Tout cela est bel et bon ; mais, si je vous parle de la sorte, c'est que j'ai de bonnes raisons pour tout redouter de l'audace et de la témérité de Bachelier, qui jouit, en qualité de valet de chambre du roi, de toute sa confiance, et qui chaque jour se rend plus indispensable en se chargeant clandestinement des menus plaisirs de Sa Majesté. Croyez-moi, le conseil est bon et vous ferez bien de le suivre.

Le marquis hésitait : il avait quitté Paris pour soustraire Adrienne à l'amour de Frédéric, et il la voyait menacée à Épinay de celui du roi.

Il n'y avait donc sûreté ni dans un endroit ni dans l'autre !

Cependant il réfléchit qu'avec une certaine vigilance il lui serait beaucoup plus facile d'avoir raison de Frédéric que de Louis XV, et il se décida à reprendre le chemin de la capitale, après toutefois avoir fait entendre à M. de Roncenelles qu'il ne tenait qu'à lui de parler mariage, quand il lui plairait.

X

Où M. le cardinal de Fleury montre au baron de Montlieu qu'il a la mémoire du cœur.

Vers la fin du jour où le poète Stéphen de la Feuillée avait été si traîtreusement jeté à l'eau, un vieillard octogénaire, mais dont la vigueur corporelle et l'habileté des mouvements décelaient un de ces hommes privilégiés qui résistent à l'action du temps et gardent au delà de la limite ordinaire de l'âge le libre exercice de toutes leurs facultés, un vieillard, disons-nous, était assis devant un bureau en chêne, couvert de lettres dépliées et de papiers de toute nature.

Il lisait attentivement chacune des pièces qui formaient la volumineuse correspondance qu'un secrétaire décachetait, et son visage exprimait un sentiment de vive contrariété.

Cet homme était le premier ministre de Sa Majesté le roi de France et de Navarre.

C'était Son Éminence le cardinal de Fleury.

Certes, la modeste apparence des lieux qu'il occupait n'était guère en rapport avec la position de conseiller intime du roi Louis XV, qui avait su conquérir le successeur du duc de Bourbon.

La pièce dans laquelle il se trouvait, et qui lui servait de cabinet de travail, était des plus simples; un boisage de sapin verni en faisait tout l'ornément.

Quant à l'ameublement, il répondait tout à fait à cette simplicité. Une pendule de cuivre sur une cheminée de marbre blanc, une bibliothèque pleine de livres, deux cartonniers, le bureau sur lequel Son Éminence travaillait, et une grande table qui servait aux secrétaires : voilà ce dont il se composait, en y ajoutant quelques chaises et un fauteuil en jonc.

Des liasses de papier encombraient perpétuellement le plancher recouvert d'un tapis vert, qu'on n'enlevait que pour le remplacer lorsqu'il était usé.

C'était là dans la maison des séminaristes de Saint-Sulpice, à Issy, que le premier ministre passait à peu près tout le temps qu'il donnait aux affaires, ne paraissant à Versailles que pour s'entretenir avec le roi, prendre ses ordres ou lui communiquer les dépêches qu'il recevait chaque jour de tous les cabinets de l'Europe. Il avait choisi ce lieu de retraite afin d'être éloigné de la foule et de l'importunité des courtisans qui eussent encombré son hôtel de Paris, et il travaillait avec toute l'activité d'un homme de trente ans.

Le cardinal, qui a été jugé si diversement par les écrivains des partis opposés, était, comme homme privé, d'une bonne nature, honnête et probe, mais faible et quelque peu timide.

Il manquait des qualités essentielles à l'homme d'État; mais il y suppléait par un grand fonds de temporisation qui l'aida à conduire prudemment les affaires publiques, sans viser aux réformes, se contentant de surveiller et d'administrer, sans prévenir ni innover.

Il avait soixante-treize ans lorsqu'il prit en main les rênes du pouvoir : c'est la meilleure excuse qu'on peut trouver de son défaut d'initiative.

Homme d'étude et de travail, il avait la grande prétention de vouloir être au courant des moindres détails de toutes choses, et ne confiait qu'à lui le soin de se renseigner sur les mille petits incidents qui se produisaient chaque jour.

La tâche était lourde.

Il s'était adjoint le concours d'un homme à qui il accordait une entière confiance.

C'était M. le garde des sceaux Chauvelin.

Ce ministre, qui s'était fait connaître à lui par ses talents, et qui avait obtenu sa faveur en lui cédant l'honneur de plusieurs mémoires dont il était l'auteur, ne laissait à Son Éminence que le titre de principal ministre.

Secrétaire d'État et garde des sceaux, M. Chauvelin semblait être et était bien réellement le supérieur de ses collègues les autres ministres chargés du détail des affaires.

Cependant on prétendait que cette primauté ne le satisfaisait pas, et qu'il avait des visées plus hautes.

Bref, quelques courtisans de Son Éminence firent entendre au cardinal qu'au lieu de s'être assuré un aide actif et un auxiliaire dévoué dans la personne de M. Chauvelin, il n'avait fait que se préparer un successeur ambitieux, qui n'était animé que du désir de prendre, au plus vite, sa place.

Cet avertissement fit réfléchir le cardinal.

Et il songea qu'en effet il avait peut-être été plus imprudent qu'habile en cette occasion.

Mais que faire ?

La puissance qu'il avait donnée à M. Chauvelin et les secrets importants qu'il lui avait confiés lui liaient les mains.

Et sa timidité naturelle l'empêchait de témoigner à celui dont il avait à craindre l'ambition le mécontentement qu'il en ressentait, et ce mécontentement s'accroissait encore par la contrainte qu'il se faisait en le cachant.

D'un autre côté, il sentait qu'il ne pouvait guère se passer du garde des sceaux.

Tout cela le contrariait fort.

Aussi, depuis quelque temps, était-il de très-méchante humeur, et, comme il arrive souvent en pareil cas, ne pouvant ou n'osant s'en prendre ouvertement à l'homme objet de son animosité, c'était sur les autres qu'il se vengeait de l'impossibilité dans laquelle il se trouvait de donner libre cours à son ressentiment.

Or, parmi ceux qu'il sacrifiait le plus facilement à sa mauvaise disposition d'esprit, était M. le lieutenant général de police Hérault, qu'il accusait constamment de négligence et d'incurie, malgré tous les efforts que faisait ce magistrat pour n'avoir point à donner prise à cette inquisition taquine et tracassière.

La police de Paris, sous Louis VX, n'était pas une sinécure : il fallait veiller à la fois au maintien du bon ordre, à la tranquillité publique, à la sûreté des habitants, et surtout poursuivre et traquer sans trêve ni relâche les sectes des convulsionnaires, qui, malgré les persécutions dont ils étaient l'objet, continuaient à s'assembler secrètement ; et enfin découvrir les mystérieux rédacteurs et imprimeurs des *Nouvelles ecclésiastiques*, qui se publiaient et se distribuaient journellement dans Paris, à la barbe de tous les agents de police chargés de les saisir.

Ah ! certes, tant qu'il ne s'agissait que de chercher les auteurs des vols et des méfaits de tous genres qui se commettaient dans la capitale, avec un peu d'adresse, de l'habitude, et de l'argent, M. le lieutenant général pouvait à peu près répondre de n'en laisser qu'une quantité raisonnable impunie ; mais l'affaire des convulsionnaires et celle des *Nouvelles ecclésiastiques*, qui en dépendait, étaient pour lui une source constante de préoccupations et de déboires.

Aussi recevait-il sans cesse, à ce sujet, de nouveaux reproches du cardinal, premier ministre, qui l'admonestait avec une aigreur et une sévérité excessives.

Or, lorsque nous avons dit tout à l'heure que Son Éminence, assise devant son bureau chargé de papiers, se montrait le visage contrarié, c'est que les deux dernières lettres dont elle venait de prendre lecture contenaient des faits qui étaient, certes, de nature à l'irriter.

Dans l'une, on le prévenait que M. Chauvelin, d'accord avec M. le marquis de Vaugrenant, notre ambassadeur en Espagne, tramait une certaine machination contre lui, dans le but de faire échouer la politique qu'il suivait à l'extérieur ; dans l'autre, on lui donnait avis qu'une nouvelle secte de convulsionnaires venait de se former sous le nom de *Compagnons de la Marjolaine*, et que, dans toute la France, s'organisaient des assemblées présidées par les plus habiles chefs du parti janséniste.

On lui désignait même les noms de personnages fort bien vus en cour, et qui faisaient servir l'influence de leur position et de leur fortune au triomphe des doctrines qu'il combattait.

Naturellement, ces renseignements secrets, et auxquels il paraissait attacher grande foi, amenèrent un déluge de récriminations à l'adresse des deux hommes qu'il commençait à regarder comme ses ennemis, M. le garde des sceaux Chauvelin et le lieutenant Hérault.

— En vérité, s'écria-t-il en s'adressant au secrétaire qui était à côté de lui, on a peine à comprendre une semblable ingratitude... Ainsi cet homme que j'ai mis de moitié dans le soin des plus graves intérêts du royaume ne songe qu'à se tourner contre moi et à me perdre dans l'esprit du roi ! Mais qu'il y prenne garde, je saurai déjouer sa perfidie !

— Votre Éminence aurait-elle reçu quelque mauvaise nouvelle ? demanda le secrétaire avec empressement.

— J'ai reçu des nouvelles qui me confirment ce que je savais déjà par expérience, monsieur : que, pour être bien servi, il faut pouvoir se servir soi-même, sous peine de se voir trahi par les gens en qui l'on place sa confiance, ou mal secondé par ceux qui n'ont d'autre ambition que celle de se débarrasser des devoirs qu'une charge leur impose.

Le secrétaire s'inclina sans répondre.

— Mais, sur mon honneur ! je saurai être sévère ; grâce à Dieu, j'ai de l'énergie et de la volonté, et ils l'apprendront à leurs dépens !

C'était une vanité particulière au cardinal que de faire croire à tous ceux qui l'approchaient qu'il était pétri d'audace, d'entêtement et de volonté.

Peut-être était-il de bonne foi et croyait-il véritablement être un homme d'une trempe supérieure !

Ce qu'il y a de certain, c'est qu'il traçait de lui-même un portrait diamétralement opposé au sien.

Le secrétaire, qui connaissait cette manie, se garda bien de le contredire.

Le cardinal poursuivit :

— Ces damnés convulsionnaires continuent à s'agiter dans l'ombre, et il y a à Paris un lieutenant de police qui prétend savoir tout ce qui s'y passe, qui dispose d'une armée d'agents, et qui est inhabile à faire cesser les jongleries d'une poignée de misérables. Oh! cet homme est véritablement incapable!

— Votre Éminence oublie que M. Chauvelin l'a présenté à Sa Majesté comme un magistrat d'un rare mérite, reprit le secrétaire qui semblait prendre à tâche d'exciter sa mauvaise humeur.

— Oui! oui! M. Chauvelin, le protégé de M. Chauvelin! Ah! nous verrons s'il sera toujours là pour...

Mais soudain il s'interrompit, craignant d'en dire trop, et changea la conversation.

— Avez-vous des lettres de Hollande, monsieur? demanda-t-il.

— Oui, Éminence ; en voici une.

Le cardinal la prit, et se disposait à la lire, lorsque deux légers coups frappés discrètement à la porte du cabinet l'avertirent de l'arrivée d'un homme qui, sans attendre qu'on l'invitât à entrer, se présenta aux yeux de l'Éminence, qui se contenta de lui dire :

— C'est toi, Barjac!

Le nouveau venu s'inclina respectueusement.

C'était un petit homme, vêtu d'un habit de couleur de muraille, le nez barbouillé de tabac, et dont les allures décelaient l'humilité servile; c'était le laquais, le confident du cardinal.

Il se tint debout devant le bureau du ministre et attendit.

Celui-ci parcourut la lettre que lui avait remise son secrétaire, la lut et la posa sur la table sans paraitre y attacher aucune importance.

— Que veux-tu, mon ami? dit-il ensuite au petit homme toujours immobile.

— Son Éminence veut-elle recevoir un gentilhomme qui prétend avoir obtenu la faveur d'une audience?

— Comment se nomme-t-il?

— Le baron Frédéric de Montlieu.

— De Montlieu?... fit le cardinal ; oui, qu'il entre!

Et soudain l'air de méchante humeur qui obscurcissait ses traits disparut comme par enchantement, et un pâle sourire glissa sur ses lèvres décolorées.

Barjac sortit.

Un moment après, Frédéric fut admis en présence du cardinal.

Le jeune homme n'était pas sans inquiétude sur la façon dont il serait reçu. Cependant il lut immédiatement sur le visage du vieillard un air de paternelle bonté qui le rassura.

Celui-ci jeta sur lui un regard qui l'enveloppa de la tête aux pieds.

Frédéric soutint le regard avec assurance, et, lui répétant son nom, il lui dit naïvement l'espérance qu'il fondait sur sa protection comme fils du baron Julien de Montlieu, un des serviteurs du roi et comme neveu de la vicomtesse de La Forge.

La vicomtesse avait dit vrai, lorsqu'elle avait assuré à Frédéric qu'il serait bien accueilli du cardinal en se recommandant d'elle ; car à peine eut-il parlé qu'un geste bienveillant l'invita à s'asseoir auprès de l'Éminence.

— Mon jeune ami, lui dit-il, vous ne pouviez venir à moi sous de meilleurs auspices, et vous me voyez tout disposé à vous être utile; mais pour cela il faut que je sache quel genre de service je puis vous rendre. Voyons, vous êtes ambitieux?...

— Votre Éminence est trop bonne, je ne sais comment la remercier; mais, en vérité, je ne sais que lui répondre.

— Préférez-vous l'état militaire? Je puis vous donner un brevet d'enseigne au régiment de Champagne.

Frédéric était embarrassé; ce qu'il voulait, il n'osait le dire, et cependant il fallait qu'il répondît de façon ou d'autre aux offres qui lui étaient si gracieusement faites.

Le cardinal vit son hésitation.

Il pensa que la bourse du jeune homme était peut-être légère, et lui fit entendre que, si une centaine de pistoles lui étaient utiles, il n'avait qu'à l'en instruire.

Frédéric le remercia en l'informant qu'il était dans une situation de fortune satisfaisante ; puis il finit par lui avouer que ce qu'il désirait obtenir, c'était un emploi à la cour qui lui permît d'aspirer à la main d'une jeune fille qu'il aimait.

— Ah! ah! nous sommes amoureux ; j'aurais dû m'en douter! à votre âge cela se conçoit. Et quelle est cette belle personne qui exige que vous soyez pourvu d'une charge à la cour?

— Oh ! Excellence !

— Amoureux et discret, dit en souriant le cardinal, à la bonne heure !

— Votre Éminence ne doit rien ignorer, reprit Frédéric ; aussi je n'ai nullement dessein de lui cacher que c'est de Mlle de Saint-Acheul que je suis épris et que...

— Mlle de Saint-Acheul ! fit tout à coup le cardinal; quoi ! vous connaissez le marquis de Saint-Acheul, et vous aimez sa fille ?

Le jeune homme s'inclina en signe d'acquiescement.

Le cardinal baissa la tête et resta un moment pensif.

Lorsqu'il la releva, son œil brillait d'une expression singulière ; il pria Frédéric de lui raconter comment il avait fait la connaissance du marquis, et de quelle façon il était parvenu à se faire aimer de sa fille.

Le baron lui fit le récit détaillé des circonstances que nous avons racontées, et le cardinal l'écouta avec une attention soutenue ; toutefois il ne laissa échapper aucune marque de surprise ou d'approbation, mais il était aisé de voir qu'il prenait un vif intérêt à la relation qui lui était faite.

— Monsieur de Montlieu, dit-il au jeune homme lorsque celui-ci eut terminé, je serai heureux de pouvoir acquitter une dette de reconnaissance que j'ai contractée il y a de longues années envers Mme la vicomtesse de La Forge, en me chargeant de faire réussir vos espérances, et je vous présenterai moi-même à Sa Majesté, qui sait récompenser les bons services et le dévouement à sa personne.

— Oh ! Votre Éminence me comble !...

— Mais j'exige de votre part une soumission complète aux ordres que je vous donnerai.

— Votre Éminence peut compter sur mon obéissance absolue.

— Bien ; et d'abord, vous ne parlerez à personne de l'entretien que nous avons eu.

— Je vous le promets.

— Ensuite vous continuerez à faire tous vos efforts pour revoir Mlle de Saint-Acheul : à votre âge, on ne connaît pas d'obstacle ; mais vous éviterez soigneusement, si vous vous retrouvez en présence du marquis, de lui laisser voir que vous avez le dessein de lui demander la main de sa fille; c'est moi seul qui vous indiquerai le moment où vous pourrez parler, et, croyez-moi, ajouta-t-il avec un sourire, lorsqu'il sera venu, M. de Saint-Acheul ne pourra vous refuser. Mais, je vous le répète, sachez vous faire aimer ! Cela vous sera facile : vous êtes jeune, bien fait; avec ces avantages-là, mon enfant, on ne trouve guère de résistance.

Frédéric trouvait que le cardinal avait une bien grande somme d'indulgence pour les affaires de cœur; néanmoins, comme les prescriptions qu'il lui faisait étaient des plus faciles à observer, il se garda bien de les discuter, et il se disposa à prendre congé de lui.

Soudain celui-ci le rappela.

— Monsieur le baron, lui dit-il, un dernier avis : il m'a été rapporté que M. le marquis de Saint-Acheul avait des ennemis puissants parmi les jansénistes, qui ne songeaient à rien de moins qu'à l'attirer à eux pour le perdre ensuite. Veillez sur lui; et si vous découvriez quelque chose dans sa conduite qui vous parût extraordinaire, ne craignez pas de m'en faire part : j'arriverai à le préserver de tout danger, et cela servira certainement vos projets.

Frédéric ne remarqua pas l'étrangeté de cette recommandation, et s'engagea à tout ce que voulut le cardinal, qui le congédia enfin, en l'invitant à revenir bientôt chercher un brevet qui lui permit d'être présenté au roi.

Ce fut sous l'empire des plus riantes pensées que le jeune homme quitta Issy pour reprendre le chemin de Paris.

Il suivit le bord de la Seine, tout en songeant à l'excellent accueil qu'il venait de recevoir, et il se voyait déjà admis dans l'intimité du roi, l'heureux époux d'Adrienne, et, le cœur gonflé de joie, il aspirait à pleins poumons l'air du soir tout imprégné d'une douce senteur.

Justin, qui n'avait aucune raison pour partager la secrète satisfaction de son maître, et qui eût préféré être auprès de Mlle Francine que de chevaucher après dix heures du soir, maugréait à part lui contre la longueur du chemin.

— Ma foi, monsieur, disait-il, savez-vous qu'il y a loin d'Issy à Paris, et que nous ne serons guère rendus à l'hôtel avant minuit, si nous continuons à marcher au pas ?

— Palsambleu ! ne vas-tu pas te plaindre ?

— Ma foi, monsieur j'en ai bonne envie.

— Tu ferais mieux de te réjouir, car, si je suis content de tes services jusqu'à la fin du mois, je doublerai tes gages.

— Alors, monsieur, c'est autre chose, je ne dis plus rien ; si même l'envie vous venait de les tripler, je serais capable de rire aux éclats pour vous faire plaisir.

— Vraiment, monsieur Justin ! mais...

Soudain il fut interrompu par un cri perçant qui traversa l'espace et par le bruit d'un corps qui tombait dans l'eau.

— Justin, s'écria-t-il en arrêtant aussitôt son cheval, as-tu entendu?

— Oui, monsieur, répondit le laquais.

— Sur mon âme, c'est un homme qui vient d'être jeté à l'eau !

Et il descendit la berge.

Au bout d'un moment, il vit quelque chose qui s'agitait au milieu de la rivière.

— Justin, je ne me suis pas trompé ! c'est bien un homme qui se noie. Vite, il faut aller à son secours.

— Y pensez-vous, monsieur?...

— Comment ! si j'y pense ; veux-tu donc laisser mourir un homme sans chercher à le sauver ? Allons, dépêche-toi : un louis si tu le tires de là !

— Mais je ne sais pas nager...

— Poltron ! s'écria le jeune homme en sautant de cheval.

Et, sans prendre le temps de la réflexion, il se débarrassa à la hâte de son chapeau et de son habit.

— Mais, monsieur, prenez garde ! s'écria Justin avec effroi : l'eau est froide, et vous risquez votre vie.

— Tais-toi ! exclama le baron.

Et il s'élança dans l'eau.

XI

De la plaisante figure que fit un marinier en écoutant causer deux bons gentilshommes.

Certes, si jamais secours vint à propos, ce fut celui que reçut Stéphen lorsque, lancé en pleine Seine du bord du bateau sur lequel il était si indiscrètement monté, il s'était vu sur le point d'être à jamais rayé du nombre des vivants.

Le baron était excellent nageur.

En quelques brasses, il fut auprès du malheureux poète, qui se consumait en efforts superflus pour revenir à la surface de l'eau, et qui ne parvenait qu'à perdre peu à peu tout espoir de salut, en conservant cependant cette terrible faculté, particulière aux gens qui se noient, de sentir la vie s'en aller de lui dans une agonie dont la longueur ne peut être appréciée, et dont les souffrances sont indescriptibles.

Un homme qui se noie ne lâche pas ce qu'il parvient à rencontrer sous sa main.

Malheur au sauveteur maladroit qui se laisse saisir par l'homme qu'il dispute à la mort, car il court grand risque d'être entraîné dans l'abîme et de partager son sort!

C'est ce qui faillit arriver à Frédéric.

Dès qu'il fut à la portée de Stéphen, celui-ci se cramponna à lui avec frénésie, en essayant de l'étreindre.

Et il l'aurait probablement mis dans l'impossibilité de faire un mouvement; mais, au lieu de l'empoigner par le bras, sa main crispée ne put saisir que la manche de sa chemise, qu'elle déchira par un mouvement rapide.

Le baron comprit le danger, et, repoussant vigoureusement son homme, il put le prendre aux cheveux et l'amener ainsi, à demi évanoui, jusque sur la berge, où il ne tarda pas à le voir reprendre le complet usage de ses sens.

— Monsieur, s'écria Stéphen dès qu'il put parler, qui que vous soyez, merci ! car vous m'avez sauvé la vie.

— Et j'en suis fort aise, répondit le baron en secouant l'eau qui ruisselait sur lui; vive Dieu ! Quand il ne s'agit que de prendre un bain froid pour tirer quelqu'un du danger, ce serait une lâcheté que d'hésiter.

Tout en parlant, il grelottait ; Justin s'approcha de lui.

— Monsieur, vous êtes transi de froid ! Vous êtes bien sûr d'attraper une fluxion de poitrine.

— Tais-toi, maroufle ! et songe plutôt à m'aider à transporter cet homme quelque part: il est impossible qu'il regagne son logis dans l'état où il est.

— Mais vous non plus, monsieur !

— En ce cas, faquin, dépêche-toi de cher-

C'était un ravissant tableau que celui de ces deux enfants tout enamourés... (Page 88.)

cher une maison, un cabaret où nous puissions nous sécher tous deux.

— Oh! les misérables, exclama Stéphen, les...

— Que dites-vous? demanda le baron.

— Ils sont là dans le bateau!

— Qui?

— Mes assassins!

— Calmez-vous! Voyons, aide-moi, dit-il au laquais : nous allons le coucher sur mon cheval, s'il ne peut marcher.

Et tous deux essayèrent de soulever de terre le pauvre poète, qui tremblait de tous ses membres.

— Non, non! s'écria-t-il, laissez-moi, je marcherai! Morbleu! il ne sera pas dit que...

Mais la parole expira sur ses lèvres.

L'eau qu'il avait absorbée l'étouffait.

Frédéric et Justin le placèrent tant bien que mal sur l'un des chevaux, et, le soutenant chacun de leur côté, ils remontèrent le long du quai de la Grenouillère, en cherchant l'enseigne d'un cabaret où ils pussent frapper.

Mais tout était fermé.

Cependant on continuait à avancer; le baron finit par apercevoir une lumière qui se répandait à travers les ais mal joints de la porte d'une maison adossée aux murs de l'hôtel de Brancas.

— Enfin voici notre affaire ! dit-il en frissonnant malgré lui ; Justin, frappe vite à cette masure.

Le laquais obéit à cet ordre, et il frappa.

Soudain la lumière disparut.

— Malédiction ! fit le jeune homme, ils vont nous laisser dehors. Frappe plus fort, mordieu !

Cette fois quelques coups de poing formidables faillirent ébranler la maison.

Personne ne répondit.

— Ouvrez ! s'écria alors le baron qui n'était pas patient; ouvrez, ou j'enfonce la bicoque !

Et du pommeau de son épée il recommença de plus belle à carillonner.

Soit que les gens qui étaient dans l'intérieur eussent craint qu'il mît sa menace à exécution, soit qu'ils voulussent savoir qui faisait un pareil vacarme, la lumière reparut.

— C'est bien heureux, dit Frédéric : il paraît qu'il ne s'agit que de se faire entendre.

— Monsieur, cette maison me semble suspecte..., hasarda Justin qui eût préféré de beaucoup rentrer dans l'intérieur de la ville que de s'arrêter à pareille heure dans un cabaret.

— Tais-toi, maraud ! lui répondit son maître.

Justin ne souffla plus mot.

Mais on entendit un bruit de pas à l'intérieur de l'habitation, et une voix d'homme s'écria :

— Qui est là ?

— Ouvrez toujours, se contenta de dire le baron.

— Mais que demandez-vous ?

— Eh mordieu ! vous le saurez quand vous aurez ouvert; que craignez-vous donc pour être si long à vous décider ?

Ce ton de commandement eut un plein succès : la clef tourna dans la serrure, la porte s'ouvrit, et un homme vêtu d'un costume de marinier apparut sur le seuil.

Mais, à la vue des personnages dont les vêtements dégouttaient d'eau, et du laquais qui conduisait les chevaux, il fit un geste de surprise.

— Voilà bien des formalités pour donner accès à des gens qui ont besoin d'un abri, reprit le baron ; allons, laissez-nous entrer, et faites-nous vite du feu pour nous sécher, car, comme vous le voyez, nous sommes trempés.

— Vous sortez donc de l'eau ? demanda le maître de la maison, en continuant à inspecter l'extérieur de ceux qui voulaient pénétrer chez lui.

— Comme vous le dites, mon brave.

— Oui, s'écria à son tour Stéphen, ils m'ont jeté à l'eau ! mais je les retrouverai, ces imprimeurs du diable, et ils me le paieront cher.

Le marinier fit un mouvement, et fut sur le point de refermer sa porte au nez des étrangers ; mais le baron ne lui en donna pas le temps : il était entré dans une grande pièce encombrée de tables et de bancs, au milieu de laquelle trônait un mauvais comptoir construit, comme le reste du mobilier, en planches à bateaux, et, s'adressant à une vieille servante qui le regardait d'un assez mauvais œil :

— La mère, dit-il, un louis pour vous si vous nous faites à l'instant un bon feu pour sécher nos habits, et si vous nous donnez quelques bouteilles de votre meilleur vin pour remettre mon compagnon, qui a bu plus d'eau qu'il n'eût voulu en boire !

Puis, retournant sur-le-champ auprès du poète, que Justin avait aidé à descendre de cheval, il l'introduisit dans la maison avant que le marinier eût tenté de s'y opposer.

Il est bon de dire aussi que l'annonce du louis à gagner avait probablement continué à modifier les dispositions de ce dernier.

Néanmoins, quand les trois hommes furent entrés, il referma la porte.

— Eh bien ! que faites-vous ? et nos chevaux ?

— Vos chevaux ! je ne puis les amener ici..., ce me semble ?

— Mais ne pouvez-vous veiller sur eux tandis que nous reposerons un moment ?

— C'est impossible ! Il n'y a qu'à les attacher.

— Fort bien ; mais comme je ne veux pas qu'on puisse les voler pendant que nous serons occupés...

— Il n'y a pas de voleurs dans la maison de la *Pêche-Miraculeuse* ! fit le marinier d'un ton de mauvaise humeur.

— Eh ! mon brave, j'en suis persuadé, mais il peut en passer devant la porte ; aussi, Justin, tu vas emporter cette bouteille de vin et tenir les chevaux !

— Comment ! monsieur, vous avez le cœur de me laisser dehors dans un quartier comme celui-ci, à plus de onze heures du soir !

— Justin ! si tu dis un mot de plus, tu laisseras la bouteille que tu tiens et tu iras garder les chevaux sans sa compagnie.

— Suffit, monsieur, j'y vais.

Et il sortit.

Moitié de bonne grâce, moitié par appât du gain, la vieille femme avait allumé dans l'âtre un feu de menu bois qui ne tarda pas à flamber, à la grande satisfaction des deux jeunes gens qui souffraient cruellement de l'humidité de leurs vêtements.

Stéphen se sentait mieux.

Il n'était pas resté assez longtemps sous l'eau pour que l'absorption amenât l'asphyxie, et, après avoir rejeté le trop-plein de son estomac et réchauffé ses membres engourdis, il se trouva en état de répondre aux questions que lui adressa le baron touchant les circonstances qui avaient amené son accident, et de lui témoigner sa gratitude pour le secours qu'il lui avait porté.

— Sans vous j'étais perdu, monsieur, lui dit-il, et je vous avoue que cela m'eût fort chagriné.

— Je le conçois sans peine, riposta le jeune homme en riant; mais une autre fois vous vous abstiendrez de faire des promenades sur l'eau dans de pareilles conditions.

— Oh ! la coquine, si jamais je la rencontre !

— Baste! laissez cette femme ; après tout, elle n'a fait qu'échapper à votre poursuite, et ce n'est pas elle qui vous a fait monter sur ce bateau ?

— C'est vrai ! Mais vous imaginez-vous quels pouvaient être ces gens qui s'occupaient d'imprimer des gazettes au milieu de la nuit dans un bateau !

— C'est étrange, en effet ; et vous dites qu'il y avait des prêtres parmi eux ?

— Il y en avait deux, j'en suis certain, peut-être même davantage; car, à l'exception du gredin qui m'a fait jeter à l'eau et qui m'a paru être un homme de qualité, tous les autres avaient un certain air de soutane qui ne m'échappe pas.

— Vraiment ?

— Oui, je m'y connais; j'ai dû porter le petit collet, mais j'ai préféré les rimes des madrigaux que lire mon bréviaire, et l'indépendance du poète à la servitude du prêtre. Que voulez-vous ! j'aime la vie douce et facile, moi ; il ne me faut que du soleil et des sourires de jolies femmes pour être heureux ; j'ai le cœur pétri de tendresse, de gaieté et d'insouciance.

— Bravo !

— Mais, se hâta d'ajouter Stéphen, il y a encore place au milieu de tout cela pour la reconnaissance, et celle que je ressens pour le service que vous m'avez rendu durera autant que moi, vous pouvez y compter. Morbleu ! je veux vous prouver que vous n'avez point affaire à un ingrat; disposez de moi : à partir d'aujourd'hui vous avez un ami, un frère qui vous aime et vous offre un dévouement absolu.

— Je l'accepte de grand cœur, et, vraiment, plus je vous écoute, plus je m'applaudis d'avoir pu empêcher un aussi galant homme que vous de mourir niaisement dans l'eau.

— Touchez là, monsieur, dit le poète en lui tendant la main, car, vive Dieu ! votre courtoisie est égale à votre courage.

Le baron prit la main du jeune homme et la pressa dans la sienne.

— Au moins, dit-il avec gaieté, que je sache votre nom, si vous voulez que je me rappelle le plaisir que j'aurai eu à vous l'entendre prononcer !

— C'est ma foi vrai ! fit Stéphen : depuis que j'ai retrouvé l'usage de ma langue, je n'ai pas même songé à vous dire qui je suis !

— Eh ! vous devez être gentilhomme, je vois cela à l'air de votre visage.

— Oui bien ! et l'on me nomme le chevalier Stéphen de la Feuillée.

— Peste ! c'est un beau nom.

— Vous trouvez ! c'est fort possible ; en tout cas, j'espère qu'il sera quelque jour célèbre si mes vers continuent à faire les délices de la cour et de la ville.

— Quoi ! vraiment ? dit Frédéric, vous avez déjà obtenu de tels succès ?

— Surtout auprès des dames, qui sont folles de mes sonnets.

— Je le crois sans peine. Ah ! c'est une jolie chose qu'un sonnet !

— Sambleu ! voilà qui est parler; mais, j'y pense, serions-nous confrères en Apollon ?

— Vous dites ?

— Je vous demande si vous-même, qui rendez si justement au sonnet l'hommage que lui doivent tous les gens de goût, vous ne courtisez pas non plus les doctes Sœurs ?

— Pas le moins du monde, répondit de Montlieu; je vous avoue ma complète ignorance en pareille matière.

— Tant pis ; mais, puisque vous savez apprécier les beaux vers, c'est assez ! A votre tour, me direz-vous le nom de mon sauveur !

— Oui, certes, et de grand cœur : je suis le baron Frédéric de Montlieu.

Le jeune homme n'eut pas plus tôt prononcé son nom que le maître du cabaret, qui, tout en ayant l'air de s'occuper de choses et d'autres, ne perdait pas un seul mot de la conversation des deux jeunes gens, le maître du cabaret, disons-nous, laissa échapper une bouteille vide qu'il tenait à la main, en poussant une exclamation de surprise.

— Eh bien ! qu'avez-vous donc, l'ami? dit soudain Stéphen, qui s'aperçut de l'étonnement qui se peignait sur les traits du marinier.

— Rien, mon gentilhomme, répondit celui-ci; cette bouteille m'a échappé, c'est ma faute... ; oui, je suis un maladroit.

Et il resta immobile devant Frédéric, qu'il regardait avec une sorte de stupide curiosité.

—Heureusement qu'elle était vide, observa Stéphen.

Le marinier termina enfin sa contemplation, et, ramassant les débris de sa bouteille, il se remit à nettoyer et à ranger dans sa boutique; mais quiconque l'eût examiné avec attention, eût été frappé de l'émotion extraordinaire qui s'était emparée de lui.

Les deux jeunes gens étaient loin d'y prendre garde.

Ils continuaient à causer tout en buvant, tandis que la vieille femme entretenait le feu destiné à sécher leurs vêtements.

Après qu'ils se furent l'un et l'autre réconfortés à sa flamme et qu'ils eurent bu le vin qui leur avait été servi, Frédéric se leva.

— Mon cher poète, dit-il, si vous vous sentez à peu près remis des suites de votre bain forcé, je crois que nous ne ferions pas mal de regagner chacun notre logis, afin que le lit achève de nous réchauffer mieux que ne le feraient tous les feux du monde.

— J'allais vous le proposer.

— D'ailleurs, je puis vous accompagner en vous prêtant le cheval de mon laquais, qui fera le chemin à pied.

— Merci mille fois de votre offre, mon cher baron; mais il y a peu de distance d'ici à la rue de Seine, et mes jambes sont, grâce à Dieu, assez solides pour me porter jusque-là ; ne vous embarrassez donc pas de moi et rentrez chez vous.

— Mais nous pouvons toutefois faire route ensemble au moins jusqu'au pont; je demeure rue de la Bonne-Morue : vous voyez que nous prendrons la même direction.

Le marinier prêtait attentivement l'oreille.

Il s'assit à son comptoir; et comme s'il se souvenait tout à coup qu'il avait une note à prendre, il tira de l'un de ses tiroirs un registre sur lequel étaient inscrits les crédits qu'il faisait à ses pratiques et y écrivit l'adresse du baron.

Pendant ce temps, les deux gentilshommes avaient repris leurs habits encore tout humides, et, après avoir donné au cabaretier le louis que Frédéric avait promis, ils se préparèrent à sortir.

Mais, au moment où ils allaient ouvrir la porte extérieure, on frappa avec une certaine vivacité.

Le marinier tressaillit.

— Déjà ! s'écria-t-il en se parlant à lui-même.

Puis, s'adressant aux gentilshommes :

— De grâce, messieurs, pas un mot !

— Monsieur le baron, dit alors une voix du dehors, c'est moi, ouvrez vite !

— Eh ! c'est cet imbécile de Justin ! fit Frédéric.

Le marinier respira.

—Eh bien ! que veux-tu? demanda le baron à son laquais, qui entra aussitôt la porte ouverte.

— Monsieur le baron, je viens de voir plusieurs personnes de mauvaise apparence qui s'avancent de ce côté : je crains fort qu'ils n'en veuillent à nos chevaux.

— Allons donc ! tu es fou ! répondit le baron.

— Messieurs, dit alors le marinier toujours en proie à une émotion qu'il ne pouvait dissimuler, c'est plutôt à mon vin qu'ils en veulent; partez, je vous en prie, que je puisse fermer la porte ; partez vite.

— Mais s'il en est ainsi, l'ami, dit Frédéric, qui remarqua enfin la mine effarée du cabaretier, il vaut mieux que nous restions pour te prêter main-forte.

— Oh ! non, mon gentilhomme, je sais quels sont ces hommes..., c'est-à-dire non...; mais, je vous en conjure, retirez-vous.

— Soit, je ne tiens nullement à te protéger malgré toi. Voyons, monsieur le chevalier, montez sur le cheval.

— Mais, monsieur, hasarda Justin, c'est le mien.

— Silence, maraud ! ne vois-tu pas que le gentilhomme souffre du froid et qu'il ne pourrait faire la route à pied?

Et il força le poète à accepter la monture du laquais.

Puis tous deux quittèrent la maison.

Mais à peine avaient-ils fait quelques pas, qu'ils se croisèrent avec trois personnages qui se hâtèrent d'obliquer sur la gauche.

A la vue de celui qui marchait en tête, une double exclamation de surprise sortit des lèvres des deux jeunes gens.

— Lui ? s'écrièrent-ils en même temps.

— Vous connaissez ces hommes ? demanda Frédéric à Stéphen.

— Parbleu ! c'est l'un d'eux qui m'a fait jeter à l'eau.

— Allons donc! c'est impossible.

— Comment ! impossible ! mais j'en suis sûr. Ah ! cette fois, il ne m'échappera pas.

Et il fit mine de se mettre à sa poursuite. Frédéric l'en empêcha.

— Arrêtez, de grâce ; d'ailleurs, tenez, le voici qui entre dans le cabaret d'où nous sortons.

— Oh ! n'importe, il faut absolument que je lui demande raison...

— Monsieur le chevalier, je vous en prie, renoncez à ce projet.

— Vous le voulez, soit; mais alors, si vous savez quel est cet homme, vous me direz son nom.

— Oui, je vous le dirai..., mais demain..., plus tard...

Mais pourquoi pas maintenant? qui vous empêche ?

— Des motifs qu'il m'est impossible de vous donner sur l'heure; mais écoutez, tout à l'heure vous parliez de reconnaissance et d'amitié : eh bien ! la plus grande preuve que vous me puissiez fournir de ces bons sentiments, c'est de renoncer à poursuivre l'homme que vous venez de voir; faites cela, et soyez certain que je saurai vous tenir compte de ce sacrifice.

Stéphen hésita un moment, mais il réfléchit qu'il devait la vie à celui qui lui parlait.

— Vous avez le droit d'exiger de moi tout ce qu'il vous plaira, dit-il : je vous obéis; partons !

— Merci, fit le baron en lui tendant la main.

Et les deux gentilshommes continuèrent leur chemin.

XII

Où il est démontré que les serrures et les verrous peuvent protéger contre les voleurs, mais non contre les amoureux.

Malgré la défense que le marquis de Saint-Acheul avait cru devoir faire à sa fille de ne plus recevoir M. de Montlieu si celui-ci se présentait à l'hôtel, Adrienne ne songeait qu'à le revoir, et elle attendait impatiemment que le jeune homme eût trouvé le moyen de se rapprocher d'elle. Aussi ce fut avec joie qu'elle quitta Épinay pour revenir à Paris, où elle espérait que son désir serait réalisé.

Pendant quelques jours, elle n'eut aucune nouvelle de Frédéric; mais, un matin que le marquis était absent, elle le vit apparaître dans la rue du Chemin-du-Rempart, et jeter à la dérobée un regard sur les fenêtres de l'hôtel.

La jeune fille s'empressa de lever un coin du rideau, de manière à être aperçue; mais, à son grand étonnement, Frédéric tourna aussitôt la tête et pressa le pas comme s'il eût craint d'être remarqué.

Adrienne sentit son cœur se gonfler de tristesse.

— Quoi ! dit-elle, il prétend m'aimer, et, lorsqu'il me voit, il se détourne !

C'était, en effet, une grande marque de dédain de la part du jeune homme; mais nous devons dire, à la louange de celui-ci, qu'il était loin de ressentir à l'égard d'Adrienne d'autre sentiment que celui d'un amour sans égal, et que, s'il avait affecté de ne pas s'apercevoir de sa présence derrière le rideau, c'est qu'il ignorait que le marquis fût absent de l'hôtel et qu'il craignait qu'on le soupçonnât de chercher à attirer les regards de celle qu'il aimait, en passant devant sa demeure.

Mais le lendemain matin, comme Adrienne réfléchissait encore à ce qu'elle considérait comme une injure de la part de Frédéric, sa fille de chambre Francine entra et lui remit une lettre.

— Qu'est cela? dit-elle en hésitant à la prendre.

— C'est le laquais de M. le baron de Montlieu qui me l'a remise, de la part de son maître, pour mademoiselle, répondit la soubrette.

— De M. de Montlieu?

— Oui, mademoiselle; et je crois que ce pauvre gentilhomme serait bien désolé si vous ne la lisiez pas, car il paraît qu'il vous aime joliment!

— Que dis-tu, folle? s'écria Adrienne qui devint rouge comme une cerise.

— La vérité, mademoiselle; et cela n'est pas surprenant qu'il vous aime : vous êtes si belle!

— Mais, enfin, qui peut t'avoir raconté toutes les sottises que tu me débites là?

— C'est Justin, mademoiselle, le laquais de M. le baron; il m'a dit que son maître était comme un fou depuis qu'il vous avait vue, qu'il prononçait votre nom toute la journée, que...

— Mais, de grâce, tais-toi : si mon père l'entendait!

— Soyez tranquille, mademoiselle, je suis discrète.

— Et, d'ailleurs, je ne sais pourquoi tu me parles de ce jeune homme, que je n'ai vu qu'une fois, l'autre jour, lorsqu'il m'a rapporte ma colombe.

— Oh! n'importe; vous l'aimerez aussi, j'en suis bien sûre. Oh! c'est un beau gentilhomme! Et puis il a l'air si doux! si...

— Encore!

— Je ne dis plus rien, mademoiselle; mais au moins voyez ce qu'il y a dans cette lettre.

— Allons! donne-la-moi.

Et elle prit le papier d'une main tremblante.

— Mademoiselle veut-elle que je l'habille?

— Non, va! je t'appellerai quand j'aurai besoin de toi.

— Oui, mademoiselle.

Et la fille de chambre sortit enchantée d'avoir réussi à faire accepter à sa maîtresse le message du baron, et d'être de moitié dans le secret de ses amours.

Demeurée seule, Adrienne se hâta de rompre le cachet de la missive, et, toute émue, elle parcourut les quelques lignes qu'elle renfermait.

Frédéric lui exprimait le motif de sa prudence, qui l'avait forcé de ne pas stationner la veille devant ses fenêtres, et, en lui faisant part de l'impossibilité dans laquelle il se trouvait de reparaître devant le marquis, il la suppliait de lui accorder un moment d'entretien dans le jardin de l'hôtel, en laissant ouverte, dans la soirée, la petite porte qui donnait sur la rue de l'Orangerie.

Le marquis était rarement le soir chez lui : elle ne courait donc aucun risque d'être surprise.

— D'ailleurs, ajouta-t-il, de ce moment d'entretien dépend le bonheur de ma vie, et, si vous le refusez, il ne me reste plus qu'à mourir.

C'était déjà la seconde fois que le baron parlait de se tuer, et tout porte à croire qu'il n'était pas homme à exécuter ce vilain projet sans réfléchir auparavant, et qu'après avoir réfléchi il n'hésiterait pas à y renoncer.

Mais Adrienne n'eut pas même la pensée qu'on pouvait parler impunément de mourir sans avoir la ferme intention de s'ôter la vie; et comme, au demeurant, elle était, nous l'avons dit, fort désireuse de revoir le baron, qui avait produit sur elle une impression toute particulière, elle resta fort indécise après la lecture de cette lettre. Il est inutile d'ajouter que l'incident de la forêt de Sénart n'entrait pour rien dans son irrésolution, car la pauvre enfant était loin de se douter que son image était restée fixée dans le souvenir du roi.

Toute son hésitation venait de la crainte qu'elle avait que son père ne vînt à savoir qu'elle lui avait désobéi en recevant Frédéric.

— Certes ce sera bien mal après la défense que m'a faite mon père, dit-elle, et cependant le baron prétend qu'il s'agit de son bonheur; si je ne lui accorde pas ce qu'il demande, il se tuera! Je ne puis pourtant pas être la cause de sa mort. Oh! mon Dieu! Mais que faire?

Adrienne ne le savait pas, et tout le long du jour elle s'adressa la même question sans y répondre; seulement, quand vint le soir, et que le marquis fut parti pour ne rentrer, ainsi qu'il le faisait habituellement, que fort avant dans la nuit, elle descendit sans bruit au jardin, et se dirigea vers la petite porte.

Mais ce fut tout ce qu'elle put faire que de tourner la clef dans la serrure, car son cœur battait à rompre sa poitrine; son sein se soulevait avec précipitation, et un tremblement nerveux agitait tout son corps; aussi, lorsqu'elle se fut assurée qu'il n'y avait plus qu'à pousser du dehors la porte pour pénétrer dans le jardin, elle s'enfuit comme si elle venait de commettre une méchante action, et courut se réfugier derrière une charmille.

A peine y était-elle blottie qu'elle entendit un léger bruit du côté du mur.

C'était Frédéric qui venait de s'introduire dans le jardin, et qui s'avançait avec précaution, regardant s'il n'apercevrait pas celle qu'il cherchait.

Lorsqu'il passa auprès de la charmille, un faible cri partit des lèvres d'Adrienne qui l'avertit de sa présence.

Soudain il se retourna et tomba à ses pieds.

—Merci! merci! lui dit-il avec une expression de tendresse indicible.

— Monsieur de Montlieu, fit la jeune fille en l'obligeant à se lever, vous avez manifesté le désir de me parler ce soir, ici, dans ce jardin, en l'absence de mon père, et, comme vous l'avez voulu, je vous en ai ouvert la porte.

— Oh! vous êtes un ange!

— Et en faisant cela j'ai été coupable, continua Adrienne en fixant sur le jeune homme un long regard plein de franchise et de douceur; oui, bien coupable, car, si mon père rentrait et vous trouvait là près de moi, il ne me pardonnerait jamais ma désobéissance!

— Oh! rassurez-vous : avant qu'il nous surprenne, j'aurai eu le temps de fuir; mais, d'ailleurs, le marquis ne passe-t-il pas la majeure partie de ses nuits hors de l'hôtel?

Adrienne ouvrit ses grands yeux de saphir avec étonnement.

— Qui vous a dit cela? demanda-t-elle.

Frédéric resta un moment sans répondre; il ne voulait pas faire part à la jeune fille de la rencontre qu'il avait faite sur le quai de la Grenouillère, et il éluda la question en continuant :

— Oh! Adrienne! si vous saviez comme j'attendais avec impatience cette heure de bonheur! Adrienne, je vous aime!

« Je vous aime! » c'était la phrase qui venait toute seule éclore sur les lèvres ardentes de Frédéric; phrase bien simple, bien surannée, et la seule cependant qui soit éternellement belle et éternellement jeune, phrase qu'une jeune fille n'entend jamais sans émotion, et qui semble si douce à écouter qu'on voudrait qu'elle ne cessât jamais de résonner à l'oreille.

Oh! comme Adrienne s'enivrait de son harmonieuse consonnance!

C'était un plaisir si nouveau pour elle!

On l'aimait, et celui qui le lui disait était un beau gentilhomme de vingt-cinq ans.

Cependant, quoique son jeune cœur battît avec impétuosité sous la dentelle qui couvrait son corsage, bien que son front se colorât de pourpre et que tout son être tressaillît sous les effluves magnétiques de Frédéric, elle se souvint que celui-ci lui avait demandé une entrevue pour l'entretenir de choses dont son bonheur dépendait, avait-il dit, et elle le lui rappela.

— Monsieur, lui dit-elle, au nom du ciel, ne parlez pas ainsi, et apprenez-moi quel est le grave sujet qui vous a engagé à me prier de vous recevoir.

— Quoi! répondit Frédéric avec un soupir, vous ne le devinez pas! vous n'avez pas compris qu'il s'agit de mon amour, de cet amour saint et profond que votre vue a allumé dans mon âme et qui ne finira qu'avec ma vie!

— Monsieur!...

— Oh! je sais bien que je n'ai rien fait encore pour mériter le bonheur que j'envie; mais dites un mot, faites un signe pour me demander tout ce qu'il est possible à un homme de donner pour celle qu'il aime, et à l'instant vous serez obéie : cœur, âme, pensée, existence, tout est à vous, tout vous appartient!

— Oh! de grâce! taisez-vous.

— Oui! cela vous semble étrange, n'est-ce pas, mademoiselle, continua Frédéric avec une nuance de tristesse dans la voix, que l'on puisse s'éprendre de la sorte d'une jeune fille dont on sait à peine le nom, une jeune fille qui rit peut-être de cette passion insensée, et qui ne trouvera peut-être que des paroles glaciales à répondre aux ardentes protestations d'un amour inaltérable ?

Et le jeune homme baissa la tête.

Adrienne, le visage en feu, la bouche muette, l'écoutait en silence.

Frédéric reprit :

— Écoutez-moi, Adrienne, et vous me jugerez. Je n'ai jamais connu les tendres caresses d'une mère, ni la douce amitié d'un père. Orphelin dès l'enfance, ma jeunesse s'est écoulée sans joie et sans plaisirs, et, à l'âge où la vie est habituellement pleine de charmes et de séductions, j'étais triste et soucieux, car je n'avais personne à aimer, et vivre sans aimer, Adrienne, c'est être mort! Mais alors que, le cœur vide et l'esprit inquiet, je songeais à ceux que l'amour enivre, vous m'êtes apparue comme une blanche vision envoyée par Dieu ! comme le chaste idéal de mes rêves de jeune homme ! Oh ! alors, Adrienne, mon âme s'est transformée, mon cœur s'est illuminé, j'ai connu l'amour! et je suis à vos genoux, vous demandant un mot d'espoir, afin que je sache si je dois trouver dans votre âme un écho du sentiment qui me pénètre, ou si je dois mourir en accusant le ciel de vous avoir placée sur mon chemin pour me défendre ensuite de vous contempler et de vous sourire.

Certes, Adrienne ne pouvait ignorer que Frédéric lui parlerait d'amour, mais elle était loin de penser qu'il se montrerait si pressant et si exigeant, et elle commença à regretter d'avoir eu l'imprudence de lui accorder le rendez-vous qu'il avait sollicité.

— Monsieur le baron, lui dit-elle avec un léger tremblement dans la voix, vous me dites que vous m'aimez, et je vous crois, mais c'est à mon père seul qu'il appartient de disposer de ma main : que ne lui parlez-vous ?

— Oui, vous avez raison ; mais je ne pouvais le faire avant de savoir si j'étais assez heureux pour obtenir votre assentiment. Oh ! maintenant, je n'hésiterai pas ; dès demain...

— Oh ! mais attendez encore ; car en ce moment, je ne sais pourquoi, mais il paraît tout fâché contre vous !

— Contre moi !

— Oui ! et il m'a fait promettre de ne plus jamais vous parler.

— Oh !

— Mais vous voyez, ajouta Adrienne, que j'ai bien vite désobéi, et c'est mal.

— Oh ! non : suivre l'élan de son cœur, cela ne peut être de la désobéissance.

Et le jeune homme s'empara d'une des mains de Mlle de Saint-Acheul, et la porta à ses lèvres.

— Que faites-vous ? dit celle-ci en essayant de dégager sa main captive. Oh ! monsieur Frédéric, je vous ai accordé l'entretien que vous m'avez demandé, parce que j'ai eu confiance en votre loyauté de gentilhomme, et parce que j'ai pensé que vous étiez incapable d'abuser de l'inexpérience d'une jeune fille qui se confie à vous : me suis-je trompée ?

— Non, répondit de Montlieu en laissant aussitôt retomber la main qu'il pressait dans les siennes, et vous avez bien fait d'avoir confiance en moi, car c'est à l'épouse que je veux donner mon premier baiser, et non à l'amante.

Il y avait tant de noblesse dans le regard du baron et tant de franchise dans le son de sa voix, qu'Adrienne se sentit fière d'être aimée de lui.

Il se fit encore un silence de quelques minutes.

Les deux jeunes gens s'étaient assis auprès l'un de l'autre, et leur cœur était si plein que leurs lèvres étaient muettes.

Ils ne parlaient pas, mais leur extase était plus éloquente que tous les discours du monde.

Et c'était un ravissant tableau que celui de ces deux enfants tout enamourés qui semblaient se contempler avec une chaste et voluptueuse admiration, et dont le cœur s'entr'ouvrait avec délices.

Au-dessus d'eux, sur leur tête, un vert feuillage nacré par les reflets pâles des milliers d'étoiles qui brillaient au firmament ; à quelques pas de là, des touffes de magnoliers dont le parfum se mêlait au souffle de la brise du soir qui frémissait légèrement en passant comme un baiser dans les cheveux bouclés de la jeune fille !

Oh ! quelle suave poésie que celle qui s'échappait des ombres de cette nuit calme, sereine, embaumée, pour aller odorer ces deux âmes vierges et pures !

Frédéric sortit enfin de l'espèce d'enivrement qui captivait ses sens, et il parla à la

jeune fille de ses projets d'avenir, et, oubliant la recommandation que lui avait faite le cardinal, ou, plutôt, ne supposant pas qu'elle concernait Adrienne, il lui fit part de la démarche qu'il avait faite à Issy et du succès qu'il en espérait.

— Oh! lui dit-il, je ne suis qu'un obscur gentilhomme, sans titres suffisants pour aspirer à la main de la fille du marquis de Saint-Acheul; mais bientôt j'irai à la cour, je serai présenté au roi, je deviendrai quelque chose, et alors je pourrai venir, la tête haute, dire au marquis ce que j'aurai fait pour m'élever, et il ne pourra plus me refuser de vous donner à moi, car il saura combien je vous aime.

— Oui, répondit Adrienne, et je vous promets, moi, d'attendre qu'il ait su vous apprécier, et je prierai Dieu pour qu'il vous protége.

— Oh! merci, dit Frédéric avec effusion, et maintenant je pars...

Et il fit un geste pour se retirer; mais soudain, se rapprochant de la jeune fille :

— Adrienne, lui dit-il, vous allez peut-être rire de mon enfantillage, mais il me semble que je serais sûr de réussir si je recevais de vos mains quelque chose qui me rappelât sans cesse votre chère présence. Adrienne, je vous en prie, cueillez une fleur et me la donnez : ce sera le talisman qui redoublera mon courage et ma foi; ce sera la sainte relique dont la vue suffira pour me consoler quand vous ne serez pas là et me donner la patience de souffrir loin de vous!

Et le jeune homme fit un geste de supplication.

Certes tout cela peut paraître bien puéril et serait bien ridicule dans la bouche d'un homme dont l'âge a cessé d'être celui de l'illusion et de la folle jeunesse; mais Frédéric était un amoureux bien naïf et bien simple qui s'adressait à une jeune fille non moins candide, et c'était avec un grand sérieux que l'un débitait et que l'autre écoutait ces belles phrases sentimentales si chères aux amants de tous les temps.

Adrienne ne cueillit aucune fleur, mais, détachant sans rien dire une petite croix d'or qu'elle portait à son cou, elle la remit au jeune homme.

— Prenez cette croix, lui dit-elle, vous me la rendrez le jour où je serai votre femme.

Frédéric prit le bijou, qu'il baisa; puis, craignant de ne pouvoir plus longtemps résister à la force de la passion qui troublait ses sens, il se sépara enfin de la jeune fille et courut à la porte du jardin.

— Adieu! lui dit-il une deuxième fois, adieu, je vous aime!

Et il s'élança au dehors.

A peine avait-il franchi le seuil de la porte qu'il fit un mouvement de surprise en apercevant un homme debout et immobile dans la rue, et qui, placé juste en face de la petite porte par laquelle il avait passé, semblait attendre sa sortie.

Certes, Frédéric était brave, et en toute autre circonstance il fût allé droit à l'homme et, sans plus de façon, lui eût demandé pourquoi il était là et ce qu'il y faisait; mais il crut tout d'abord que cet homme était le marquis, et il resta un moment indécis, ne sachant s'il devait avancer ou reculer.

L'inconnu était toujours à sa place, mais ce n'était pas M. de Saint-Acheul.

Frédéric traversa la rue, l'autre ne bougea pas.

Enhardi par cette immobilité, le jeune homme continua à avancer et se trouva bientôt assez près du personnage pour considérer ses traits.

Mais celui-ci fit semblant de vouloir s'en aller. Frédéric le laissa faire.

— C'est étrange, dit-il, je ne connais pas cet homme, et cependant il me semble avoir vu cette figure-là quelque part! Oui! j'en suis certain; mais où et quand, je l'ignore.

Et il fit quelques pas, puis se retourna : l'individu s'était arrêté de nouveau.

— Décidément, reprit-il, il est là pour m'épier! C'est probablement quelque valet du marquis! Ah! c'est ce que je vais savoir!

Et il allait courir après le personnage dont la vue le contrariait si fort, pour le forcer à lui apprendre le motif de sa présence; mais une réflexion le retint :

— Si ce drôle appartient au marquis, il criera et l'on viendra à son aide; je serai reconnu par les gens de la maison, et tout le monde saura que j'ai passé deux heures dans le jardin de l'hôtel; restons là, c'est plus prudent.

Et à son tour il se mit en observation, de manière à ne pas quitter de vue l'inconnu.

Celui-ci s'était tranquillement remis à la place qu'il occupait.

Frédéric était plus intrigué que jamais.

Au bout de cinq ou six minutes, il vit venir deux personnages qui marchaient de front et causaient avec une certaine animation.

Cette fois c'était bien le marquis en compagnie d'une personne dont la mise annonçait quelqu'un de qualité.

Frédéric se jeta vivement dans l'embrasure d'une porte cochère; les deux piétons passèrent devant lui.

— Ainsi, c'est convenu, dit au marquis celui qui l'accompagnait, la réunion aura lieu jeudi à neuf heures du soir, à la maison du Diable, rue Saint-Lazare ?

— C'est convenu! La jeune fille sera présentée?

— Oui.

— Et le mot d'ordre?

— Toujours le même : « Compagnon de la Marjolaine. »

— Bien! j'y serai! Bonne nuit!

— A jeudi.

Et les deux hommes se séparèrent; l'un, le marquis, s'arrêta devant la petite porte du jardin; l'autre suivit la rue de l'Orangerie et disparut à l'angle de celle de Saint Honoré.

— Il était temps! murmura Frédéric en voyant M. de Saint-Acheul mettre une clef dans la serrure de la porte; si j'étais resté dix minutes de plus dans le jardin, j'étais surpris! Heureusement que...

Il n'acheva pas: il venait de voir l'homme qu'il croyait être un espion s'approcher du marquis et lui dire :

— Un moment, s'il vous plait, monseigneur! nous avons à causer...

Le marquis fit volte-face, et, par un mouvement rapide, porta la main à la garde de son épée.

XIII

Où l'on retrouve le garçon de labour, Sulpice avec vingt ans de plus sur la tête et pas beaucoup plus d'honnêteté au cœur.

On se rappelle qu'avant de mourir, M. le baron Julien de Montlieu, le père de Frédéric, avait eu le temps, en rassemblant le peu de forces qui lui restaient, de tracer d'une main défaillante et de signer une déclaration attestant qu'il mourait assassiné par M. le comte de Blancheroy.

On sait aussi que ce papier fut remis par le moribond à Sulpice, le garçon de labour, dans la pensée bien évidente que celui-ci s'empresserait d'en faire prendre connaissance soit au curé, soit à Mme Simonne, et que l'un des deux, si ce n'était Sulpice lui-même, ne manquerait pas d'utiliser cette preuve du crime commis par de Blancheroy en la faisant parvenir à M. le lieutenant de police.

Certes le premier mouvement de Sulpice avait été d'instruire Mme Simonne des détails du duel et de lui confier le précieux papier; mais, lorsqu'il eut réfléchi à l'importance des personnages qu'il concernait, une idée lui vint.

Ce fut celle de faire servir l'écrit qu'il possédait à sa propre fortune, plutôt que de s'en dessaisir pour faire arrêter et punir l'assassin, ce qui satisferait assurément les parents de la victime, mais ce qui ne procurerait à lui d'autre satisfaction que celle d'avoir fait son devoir.

Sulpice estimait qu'une bonne somme d'argent était préférable.

Il est vrai qu'en pensant de la sorte, Sulpice oubliait qu'il n'est pas de fortune dont la possession pût faire taire la voix de la conscience; mais il faut tout dire : Sulpice était un homme d'une nature assez perverse; ses instincts jaloux et envieux le poussaient sans cesse à désirer, et il était très-peu scrupuleux sur la façon d'acquérir, pourvu que la possession arrivât.

Sans éducation proprement dite, il savait cependant lire et écrire, deux sciences peu communes au XVIIIe siècle parmi les paysans, et, fermement convaincu que ce premier degré d'instruction le rendait infiniment supérieur aux gens de sa condition, il se plaignait perpétuellement de l'ingratitude du sort à son égard qui l'obligeait à n'être qu'un pauvre garçon de labour, quand il se croyait appelé à devenir quelque chose à la ville.

Bien des fois le père Tourniquet l'avait raillé sur sa sotte prétention et l'avait averti qu'il s'en trouverait mal s'il continuait à marcher dans cette voie; mais Sulpice s'était contenté d'injurier le vieillard, sans rien changer à sa façon d'envisager les choses.

Or voici ce qu'il avait résolu de faire de la déclaration de M. de Montlieu.

Il s'était dit que l'homme qui l'avait tué était comte, que tout comte devait être riche, et qu'étant riche il paierait au poids de l'or la destruction du papier accusateur.

Une fois ce point établi, il ne s'agissait plus pour lui que d'aller trouver M. le comte de Blancheroy, de lui faire savoir que non-seulement il avait été témoin du meurtre commis sur la personne de M. de Montlieu, mais qu'il était en outre détenteur d'une note écrite tout entière de la main de sa victime et dans laquelle lui, le comte, était accusé d'assassinat, et enfin de lui proposer de lui remettre ladite note en échange de quelque chose comme une douzaine de mille livres.

Qu'était-ce qu'une pareille somme pour le comte de Blancheroy?

Certes l'idée faisait honneur au génie inventif de Sulpice; et ce qu'elle avait de bon en soi, c'est qu'il paraissait assez probable que le comte ne ferait aucune objection pour y souscrire, enchanté qu'il serait d'acheter à un prix si raisonnable la tranquillité de son avenir.

Car, s'il refusait, tant pis pour lui! ce serait alors avec dame justice qu'il aurait à s'expliquer sur le compte qu'on demanderait de la mort de M. de Montlieu.

Donc tout ceci était très-sagement pensé et très-habilement conçu; il ne manquait plus que de voir au plus vite M. de Blancheroy à l'effet d'entamer la négociation.

Mais cette condition, qui semblait la plus facile à remplir, était justement celle devant laquelle devait échouer tout le plan si ingénieusement préparé par Sulpice.

Aussitôt M. de Montlieu blessé à mort, le comte avait quitté le bois des Coudriers.

Où était-il allé? nul ne le savait; mais Sulpice n'était pas homme à se décourager pour si peu.

De même qu'il s'était dit que tout gentilhomme titré devait être riche, de même il supposa que tout gentilhomme riche devait habiter Paris, et ce fut à Paris qu'il vint.

Mais Sulpice, qui avait tant de prétention au savoir, ignorait complétement ce qu'était la capitale du royaume de France, et, après avoir vainement demandé à tous les cabaretiers chez lesquels il passait la majeure partie de son temps l'adresse de M. le comte de Blancheroy, nul ne put lui donner d'autre indication que celle qu'il connaissait déjà, à savoir que M. de Blancheroy devait être un grand seigneur; mais tout le monde ignorait où il résidait et en quel lieu il était possible de le rencontrer ailleurs qu'à la cour.

Ce n'était pas là où pouvait l'aller chercher Sulpice.

Il commença à croire qu'il pourrait bien garder longtemps en poche le talisman qui devait lui procurer la somme qu'il avait rêvée; et, pour ne pas en être réduit à la triste extrémité de mourir de faim, ce qui lui serait arrivé s'il eût persévéré à courir après le comte, il serra soigneusement le papier accusateur dans un vieux garde-notes qu'il porta continuellement sur lui, et se fit soldat aux gardes, en attendant mieux, et toujours intimement persuadé qu'un jour ou l'autre viendrait l'occasion de faire usage de son autographe.

Après s'être dégoûté du service militaire, qui convenait peu à son caractère, il le quitta pour essayer plusieurs métiers, dont il ne se montra pas plus satisfait.

Et son chiffon de papier garnissait toujours son portefeuille; seulement, au fur et à mesure que les années se passaient, il jaunissait outrageusement.

Et Sulpice n'était pas plus riche au bout de quinze ans de séjour à Paris qu'il l'était le jour de son départ de la ferme des Coudriers.

— Ah! se disait-il souvent, puisque je n'ai pu réussir à retrouver la trace de ce coquin de Blancheroy, si du moins j'avais le bonheur de rencontrer jamais un Montlieu, je pourrais encore espérer quelque chose!

Mais personne de l'un de ces deux noms n'apparaissait!

Bref, de profession en profession, Sulpice s'était fait marinier; mais, comme ce nouvel état n'était pas aussi productif qu'il l'aurait désiré, il ouvrit une petite boutique de cabaretier sur le quai de la Grenouillère, et songea à utiliser l'expérience qu'il avait acquise dans la pratique des nombreux métiers qu'il avait exercés, en la mettant au service de M. Hérault, le lieutenant général de police, qui apprécia sa valeur, et le chargea de lui faire, chaque semaine, un rapport fidèle de ce qui se passait et de ce qui se disait dans le cabaret qu'il tenait.

C'était donc chez cet estimable personnage que Frédéric avait transporté le poète Stéphen lorsqu'il l'eut retiré de l'eau.

On comprend maintenant la cause de la surprise qu'il manifesta lorsqu'il entendit Frédéric se nommer.

Certes, si le jeune homme eût été seul, il l'eût sur-le-champ questionné sur son degré de parenté avec l'infortuné baron de Montlieu; mais la présence d'un tiers le gênait, et, quand Frédéric donna à haute voix son adresse à son compagnon, il jugea qu'il serait beaucoup plus prudent d'aller le trouver chez lui et de lui faire connaître ce qu'il savait touchant la mort de l'adversaire de M. de Blancheroy.

Il y avait bien quelque chose qui l'embarrassait : c'était d'expliquer au jeune homme, dans le cas où il serait effectivement fils ou proche parent du Montlieu assassiné, pourquoi il avait conservé par devers lui la déclaration qui lui avait été remise pour être rendue publique.

Mais il se dit qu'il trouverait bien quelque prétexte à invoquer pour s'excuser, et, lorsque Frédéric partit de chez lui, en compagnie de Stéphen, il était bien décidé à aller, dès le lendemain, lui rendre visite; un nouvel incident l'en empêcha.

Nous avons dit qu'il était agent de M. Hérault, agent très-subalterne, il est vrai, mais pouvant, dans la sphère où il vivait, fournir des renseignements plus ou moins utiles.

Or M. le lieutenant de police avait été informé que les rédacteurs des *Nouvelles ecclésiastiques*, cette chimère qui lui échappait sans cesse alors qu'il croyait la tenir, se réunissaient depuis quelques jours dans les chantiers à bois qui environnaient les Invalides, et dans les bateaux qui stationnaient dans le voisinage de l'île aux Cygnes.

Et il fit donner à Sulpice l'ordre de s'assurer de la véracité du fait, en observant ce qui se passait chaque nuit à la Grenouillère.

Sulpice avait promis de faire son devoir en remplissant les intentions de M. le lieutenant de police; mais il avait compté sans l'amour.

L'amour !

Oui, ma foi! un amour très-vif, que Sulpice nourrissait pour une jolie fille qui avait le privilége de lui faire faire ses volontés, en lui promettant des faveurs qu'elle était encore à lui accorder.

Et cette jolie fille n'était autre que Mlle Fanchette : une fille d'esprit, sambleu ! une endiablée convulsionnaire dont il s'était affolé, on ne sait comment, et qui, le jour même où Sulpice avait été invité à surveiller les abords de l'Esplanade, était venue le voir et lui indiquer un moyen de gagner cinquante livres.

— Cinquante livres ! avait répondu Sulpice. Et que faudrait-il faire pour cela ?

Fanchette lui expliqua la nature du service qu'on attendait de lui. Il s'agissait de mettre deux ou trois batelets à la disposition de gens qui désiraient se promener seuls sur l'eau vers les neuf heures du soir, de cacher dans sa cave une presse qu'on viendrait y apporter, et enfin de se tenir aux ordres de ceux qui se présenteraient chez lui en prononçant le nom de la Marjolaine.

— La Marjolaine ! fit Sulpice, qu'est cela ?

— Silence ! vous le saurez plus tard ! En attendant, faites ce que je vous dis, et vous gagnerez vos cinquante livres.

Sulpice hésitait.

Il s'était engagé à découvrir les mystérieux imprimeurs recherchés par le lieutenant de police, et il allait les aider dans leur œuvre ténébreuse !

Oui; mais cinquante livres à gagner, ce n'est pas à dédaigner, d'autant plus que M. Hérault avait justement oublié de lui promettre la moindre récompense s'il réussissait à lui faire connaître l'heure et le lieu exacts où les gazetiers devaient s'assembler.

Et puis Fanchette ajouta que s'il refusait de consentir à ce qu'elle lui demandait, jamais elle ne le reverrait; tandis que s'il se montrait docile, dame ! il pouvait espérer beaucoup.

Fanchette avait une si charmante façon de dire les choses qu'il était presque impossible de lui résister. Sulpice ne résista donc pas et promit tout ce qu'elle voulut.

Lorsque Frédéric et Stéphen frappèrent chez lui, il attendait les gens auxquels, ainsi qu'il s'y était obligé, il avait donné la disposition de ses bateaux.

Ce n'étaient pas eux.

Il eut peur et craignit d'avoir été dénoncé par quelque confrère jaloux.

On sait comment il se rassura, et comment

aussi il se vit soudain en face de l'homme dont la présence lui causa un si grand étonnement.

Mais ce n'est pas tout :

Lorsqu'il fut sur le point de refermer sa porte, après le départ des deux jeunes gens, il vit se diriger vers lui trois personnages enveloppés de manteaux.

Son premier mouvement fut de rentrer précipitamment dans l'intérieur de sa boutique ; mais aussitôt l'un des trois hommes s'avança et frappa.

— Qui va là ?

— Compagnons de la Marjolaine. Ouvrez !

Sulpice obtempéra à cet ordre ; les trois hommes entrèrent.

L'un d'eux, le marquis de Saint-Acheul, tenait sous son bras un paquet de journaux tout frais sortis de la presse.

Les autres étaient chargés de l'instrument qui avait servi à leur impression.

Sulpice s'était hâté de refermer la porte.

— Eh bien ! messieurs, fit le marquis en s'adressant à ses compagnons, il était temps, je crois, que nous arrivassions ici : ou je me trompe fort, ou les gens que nous venons de rencontrer sont des limiers de M. Hérault !

— En ce cas, répondit l'abbé de Saubrun, je crois que nous ferons bien de mettre ceci en sûreté et de nous éloigner au plus vite.

— C'est aussi mon avis, ajouta de Romany.

— Et vous avez tort l'un et l'autre, messieurs... Si, comme nous le supposons, les agents de M. le lieutenant de police explorent les environs, nous courrons grand risque de nous rencontrer encore avec eux en sortant d'ici. Laissons-les se promener tout à leur aise. Quand ils seront bien sûrs qu'il n'y a plus personne dans les bateaux, ils s'en iront, et nous en ferons autant.

— Vous avez peut-être raison, reprit l'abbé ; mais, je le répète, occupons-nous bien vite de faire disparaître cet objet, qu'il serait fort dangereux de garder entre nos mains.

— Vous entendez, l'ami ! dit le marquis en s'adressant au marinier : descendez ceci à votre cave, et remontez-nous du vin.

— Oui, mon gentilhomme ; mais, d'abord, si vous le permettez, je vais vous conduire dans ma chambre ; de cette façon je pourrai éteindre la lumière qu'on peut apercevoir du dehors ; et vous serez aussi en sûreté que si vous étiez chez vous.

— A la bonne heure ! tu es un homme de précaution, l'ami, et je suis vraiment charmé que Fanchette ait songé à toi pour nous servir.

— Ah ! mon gentilhomme, c'est une si bonne personne que Mlle Fanchette !...

— Oui, certes, et elle nous a parlé de toi comme d'un homme sur lequel on pouvait compter.

— Ah ! que c'est bien de sa part ! Mais elle sait que pour lui plaire je me jetterais au feu.

— Vraiment !... Tu l'aimes donc !

— Ah ! mon gentilhomme, dites que j'en suis fou !

— Tudieu ! l'ami, tu as bon goût ; mais fais vite, et, puisque tu veux bien mettre ta chambre à notre disposition, montre-nous le chemin.

— Me voici, mes gentilshommes.

Et Sulpice prit la chandelle qui éclairait tant bien que mal sa boutique ; puis, passant devant les trois hommes, il monta en les engageant à le suivre. Un escalier en forme d'échelle aboutissait à un taudis meublé d'un lit, d'un coffre, d'une table et de trois ou quatre chaises.

C'était la chambre à coucher de Sulpice.

Nos personnages s'y installèrent en gens qui savent se trouver bien partout. Sulpice redescendit, et remonta quelques instants plus tard avec des bouteilles et des verres.

Puis, afin de laisser ses nouvelles pratiques s'entretenir, il tira la porte sur lui et reprit le chemin de l'escalier.

Mais notre homme avait son idée.

S'il avait laissé ses hôtes croire que les gens qu'ils avaient rencontrés étaient des agents de M. Hérault, quoiqu'il sût parfaitement le contraire, c'est qu'il n'avait pas cru devoir leur raconter ce qu'il savait touchant les deux jeunes gens qui étaient venus se sécher et se réconforter chez lui, et, s'il les avait engagés à monter dans sa chambre, c'est qu'il supposait bien qu'en rentrant dans sa boutique ils lui auraient ordonné de s'en aller ou se seraient abstenus de parler en sa présence, et l'honnête cabaretier tenait essentiellement à savoir quels étaient ces imprimeurs clandestins dont les façons et le langage annonçaient des gens de qualité, et qui devaient avoir de puissants motifs pour redouter de se trouver face à face avec les agents de M. le lieutenant de police.

Donc, après avoir ôté ses souliers, qui auraient trahi le bruit de ses pas, il remonta bien doucement l'escalier, et, collant son oreille au trou de la serrure, il écouta.

Les trois hommes causaient à voix basse.

— Marquis, disait l'un d'eux, il s'agit de frapper un grand coup. Le cardinal est tout-puissant sur l'esprit du roi, cela est vrai; mais, croyez-moi, le jour où Sa Majesté sera vivement éprise, si la femme qu'il aime est adroite elle saura bien vite user de son influence pour ruiner celle de l'Éminence.

— Mais, monsieur, vous oubliez que Mme de Mailly n'a pas d'autre but que celui-là, et qu'à l'heure où nous sommes elle est bien certainement la maîtresse du roi.

— C'est possible, dit à son tour le troisième personnage, mais le roi ne l'aime pas.

— Cependant...

— Allons donc!... Une femme d'une figure commune, sans agrément, une physionomie de bourgeoise ou de marchande, le roi ne peut s'attacher à une semblable personne! Croyez-moi, unissez vos efforts aux nôtres, et faisons en sorte, puisque Sa Majesté paraît enfin lasse de son fade bonheur conjugal, que ce soit sur une femme appartenant corps et âme au parti janséniste que tombe son choix.

— Sans doute, mon cher Romany, l'idée est bonne; mais j'ai beau chercher, je ne vois pas...

— Allons donc, mon cher marquis, pourquoi ne pas l'avouer?... Est-ce que vous n'avez pas quelquefois songé que Mlle Adrienne de Saint-Acheul, votre charmante fille, serait plus à sa place à Versailles que dans votre hôtel de la rue du Chemin-du-Rempart?

— Y pensez-vous?... répondit vivement le marquis. D'ailleurs, Adrienne, vous le savez, quoique élevée dans les doctrines du jansénisme, n'a jamais été initiée aux pratiques des convulsionaires; elle serait donc d'un pauvre secours...

— Qu'importe? Fille d'un des chefs du parti janséniste, elle suivrait les conseils que vous sauriez lui donner, et elle est assez belle pour inspirer au roi un intérêt qui le fasse agir selon nos vues.

— Romany, répliqua le marquis visiblement embarrassé, ce que vous trouvez tout simple est une chose fort délicate...

— Allons donc, marquis, n'avez-vous donc plus d'ambition? Rappelez-vous la fortune de d'Aubigné! Le cardinal ne sera bientôt plus de ce monde... Il faudra au roi un nouveau ministre... Qui sait!... vous avez été comte de Blancheroy..., vous êtes marquis de Saint-Acheul, vous deviendrez duc et pair; puis...

Sulpice n'en entendit pas davantage : ce nom de comte de Blancheroy avait failli le faire tomber à la renverse.

Un éblouissement passa devant ses yeux.

— Le comte de Blancheroy!... lui!...

Et il descendit l'escalier, chancelant comme un homme ivre.

Lorsque le marquis eut quitté le cabaret, Sulpice qui l'avait reconnu, grâce aux paroles qu'il avait entendues, ne se contint plus :

— Il y a vingt ans que j'attends, s'écria-t-il d'une voix fiévreuse : c'est vingt mille livres qu'il me faudra!

XIV

Où M. le marquis de Saint-Acheul entend raconter une histoire qui lui rappelle des souvenirs désagréables.

Nous avons laissé le marquis de Saint-Acheul face à face avec l'inconnu qui l'attendait à la porte de son hôtel; sa première pensée fut de croire qu'il avait affaire à un malfaiteur, ou tout au moins à un vagabond; aussi fut-il étrangement surpris lorsque l'homme, sans se soucier en aucune façon du mouvement qu'il avait fait pour tirer son épée hors du fourreau, se contentait de dire :

— Monsieur le marquis de Saint-Acheul voudrait-il bien me faire l'honneur de m'accorder deux minutes d'attention?

— Et pour quoi faire, s'il vous plait? répondit le marquis.

— Pour causer, monseigneur.

— Pour causer! Et que peux-tu avoir à me dire, drôle?

— Oh! peu de chose, monseigneur; mais je suis persuadé à l'avance que cela vous intéressera.

— L'ami, vous êtes ivre! fit le marquis, et je vous conseille de prendre le large, si vous ne voulez que la pointe de mon épée fasse connaissance avec votre personne.

— Allons donc! un gentilhomme tirer l'épée contre un pauvre diable comme moi, vous n'y pensez pas, monseigneur!

— C'est juste, et je vais appeler mes gens.

Et il fit mine de vouloir entrer.

— C'est inutile, monseigneur, nous causerons bien sans témoins.

— Encore! s'écria M. de Saint-Acheul avec impatience. Ah! mais je commence à me lasser de ceci, et je ne sais qui me retient de te châtier d'importance...

— D'abord, monseigneur, vous auriez tort de frapper sans m'entendre ; ensuite il pourrait se faire que votre épée se brisât au premier choc contre ce bras-là.

Et il montra un biceps nerveux qui, en effet, était plus que suffisant pour prouver que celui à qui il appartenait était homme à pouvoir se défendre avec le seul secours des armes qu'il tenait de la nature.

Le marquis fut de cet avis.

Quant à Frédéric, toujours blotti dans l'embrasure où il se tenait immobile, prêt à intervenir si l'affaire prenait une mauvaise tournure, il suivait attentivement les détails de la singulière scène qu'il avait sous les yeux, en regrettant toutefois que l'éloignement ne lui permit pas d'entendre distinctement ce que disaient les deux hommes; mais il est vrai que, s'il ne pouvait saisir les paroles qu'ils échangeaient, il en comprenait parfaitement le sens, grâce à la pantomime qui les accompagnait.

Le marquis se décida enfin à prendre le plus sage parti, celui d'écouter patiemment ce que pouvait avoir à lui dire son interlocuteur.

— Ah çà! que voulez-vous enfin? reprit-il après avoir envisagé la solide apparence de celui-ci. Voyons, parlez.

— A la bonne heure! voilà que vous devenez raisonnable ; il ne s'agit, parbleu, que de s'entendre.

— J'écoute, dit M. de Saint-Acheul avec un geste d'impatience qu'il ne put réprimer.

— M'y voici ; mais d'abord rien ne nous empêche de nous promener tout en conversant : qu'en pensez-vous?

— Je n'y vois pas d'obstacles, dit le marquis qui voulait savoir jusqu'où irait la scène.

— En ce cas promenons-nous.

Et il fit quelques pas ; M. de Saint-Acheul l'accompagna machinalement, et comme s'il se fût trouvé soudain dominé par le sang-froid et la volonté du personnage.

— Monsieur le marquis, ou plutôt, si vous le permettez, monsieur le comte, car c'est sous ce titre que j'ai eu l'honneur de vous connaître jadis...

— Que signifie?

— Patience! mon Dieu! Si vous m'interrompez ainsi, je serai obligé de prolonger plus longtemps l'entretien, et m'est avis qu'il est heure de rentrer chez soi; laissez-moi parler.

— Je ne dis plus rien.

— Vous ferez bien. Je disais donc, monsieur le comte, qu'avant de vous appeler M. le marquis de Saint-Acheul on vous nommait M. le comte de Blancheroy.

— Quoi! vous savez cela? fit le marquis avec étonnement.

— Oh! ce n'est pas tout; mais d'abord je dois vous féliciter de ce changement de titre, car, bien que je sois fort ignorant en ces matières, il me semble que le titre de marquis est supérieur à celui de comte, et que, par conséquent, vous êtes comme qui dirait monté aussi en fortune.

— Mais que vous importe?

— Vous le saurez bientôt. Je continue. Monsieur le comte de Blancheroy, vous souvenez-vous d'un voyage que vous fîtes, il y a vingt ans, en Saintonge?

— Un voyage en Saintonge! Non, je ne sais.

— Attendez, je vais vous aider : c'était en 1716, oui, c'est bien cela; au mois de septembre, je crois, vous voyagiez en compagnie d'une dame, une fort jolie dame, ma foi; sur la route de Poitiers à Saintes.

Le marquis ne songeait plus à rentrer à l'hôtel, il était tout oreilles.

— Mais qu'a de commun ce voyage avec vous? Comment se fait-il?...

— Un moment. Or, si je me souviens bien, cette dame, dont le nom m'échappe, se trouva prise des douleurs de l'enfantement, non loin d'une ferme qu'on appelait, ce me semble, la ferme des Coudriers.

— La ferme des Coudriers! répéta le marquis, qui devint pâle comme un suaire : vous vous trompez; jamais je n'y allai.

— Si! attendez un peu; cet accident vous empêcha de continuer votre route et vous obligea à venir demander à la ferme une hospitalité qui vous fut bien vite accordée par Mme Simonne, une brave femme celle-là, qui avait le cœur sur la main et qui n'était pas fière.

— Après! après! dit le marquis.

— Après! mais je crois que vous savez aussi bien que moi ce qui est arrivé; la pauvre dame qui vous accompagnait est morte en voyant se présenter soudain devant elle son mari qu'elle n'attendait guère. Ce qui fait que ce mari-là, furieux de voir que sa femme était morte et que vous étiez vivant, vous proposa de venir dans le petit bois qui avoisinait la ferme afin de se battre avec vous.

— Eh bien? dit le marquis haletant.

— Eh bien! moi, répondit négligemment l'autre, j'aurais fait différemment, parce que, voyez-vous, dans ces affaires-là, je trouve que le plus simple est d'empoigner tout de suite l'homme qui vous a..., et puis, crac! de le casser là-dessus, voilà tout.

Et il fit le geste de briser son bâton sur son genou.

— Achève!

— Oui, c'est juste! Enfin il paraît que chez les gens de la cour ça ne se fait pas de cette façon-là; de sorte que le pauvre baron de Montlieu...

— Quoi! vous savez aussi son nom? balbutia M. de Saint-Acheul, dont le front se baignait de sueur.

— Dame! je sais bien le vôtre!

— Oui, c'est vrai.

— Enfin, comme je vous le disais, ce pauvre baron de Montlieu, qui ne se doutait de rien, s'en alla avec vous dans le petit bois, et il y resta.

— Oui, le sort des armes lui fut fatal, et bien des fois j'ai déploré ce malheureux duel; mais ce fut en défendant ma propre vie que...

— Vous vous trompez, monsieur le marquis.

— Comment! que voulez-vous dire?

— Je dis que ce n'est pas dans un duel loyal, je dis que ce n'est pas en se battant contre vous que M. de Montlieu a été tué, mais que c'est alors qu'il était courbé à terre, sans défense, que vous l'avez lâchement assassiné!

— Moi! s'écria le marquis, dont la voix s'étrangla; moi! le... Mais qui êtes-vous pour oser me parler de la sorte?

— Qui je suis! Regardez-moi bien, monsieur le marquis de Saint-Acheul: peut-être me reconnaîtrez-vous?

Et, retirant son chapeau de dessus sa tête, il resta un moment immobile devant le marquis, qui le regardait avec une stupeur mêlée d'effroi.

— Mais, attendez donc... Oui, je vous reconnais: vous êtes le marinier du quai de la Grenouillère.

— Oui, vous avez raison, je suis Sulpice, le marinier du quai de la Grenouillère; mais, il y a vingt ans, j'étais Sulpice le garçon de labour de la ferme des Coudriers.

— Sulpice!

— Oui, Sulpice, qui vous a suivi dans le bois lorsque vous y êtes allé avec M. de Montlieu; Sulpice, qui a vu la main armée d'un pistolet ajuster et tirer froidement sur un homme sans défense...

— Vous vous trompez: M. de Montlieu est mort en se défendant.

— Il est mort assassiné, vous dis-je!

— Encore! fit le marquis, qui, en présence du danger, retrouva tout à coup l'énergie et le sangfroid que lui avait fait perdre le mot de Sulpice. Ah! palsambleu! mon drôle, puisque vous connaissez si bien le marquis de Saint-Acheul, il faut que vous soyez bien hardi pour lui tenir un pareil langage! Ah! vous avez vu tomber M. de Montlieu et vous venez vous en vanter! Mordieu! vous eussiez mieux fait de garder ce secret-là bien au fond de votre mémoire, car, sur mon âme, vous ne serez plus tenté de le rappeler à d'autres!

Et, cette fois, il tira tout à fait son épée hors du fourreau.

Mais, si Sulpice n'avait pas été effrayé tout à l'heure lorsque déjà le marquis avait fait le simulacre de mettre l'épée à la main, il ne le fut guère plus lorsqu'il le vit le menacer, et il leva les épaules en souriant.

— Monsieur le marquis, vous allez faire une sottise! dit-il.

— Ah! je te tuerai, misérable!

— Mais alors vous ne saurez pas la fin de l'histoire.

Ce mot arrêta court la fureur du marquis.

— Quelle fin d'histoire?

Et son épée retomba contre terre.

— Parbleu! monseigneur, il faut, sauf le respect que je vous dois, que vous me preniez pour un grand sot en me supposant capable

Vous auriez tort de frapper sans m'entendre... (Page 95.)

d'être venu vous raconter tout ce que vous n'aviez pas besoin que je vous apprenne pour le savoir, et cela dans l'unique but de m'exposer à me faire occire comme un poulet? Allez donc, vous n'y pensez pas!

— Mais enfin, coquin, que veux-tu? qu'as-tu encore à me rappeler?

— Eh? monseigneur, je vous l'aurais déjà dit si vous aviez plus de patience; mais vous vous emportez à propos de rien! Que diable! je suis venu pour causer : causons et ne nous fâchons pas.

Le marquis jeta un regard de défiance sur Sulpice; il eut comme un pressentiment que cet homme pouvait lui nuire : une idée lui traversa l'esprit.

— En ce cas, dit-il en se radoucissant, puisque votre intention est véritablement de causer, entrez avec moi à l'hôtel, nous y serons mieux qu'ici.

Sulpice sourit légèrement.

— Merci mille fois, monsieur le marquis, de votre politesse; mais, voyez-vous, je suis peu habitué aux hôtels, et je resssemble aux rossignols : quand je suis en cage, je ne sais plus chanter; restons donc ici, si vous le voulez bien, et reprenons notre conversation au point où elle était, c'est-à-dire au moment où vous avez tué M. le baron de Montlieu; vous voyez, je dis tué parce que j'ai cru remarquer que l'autre mot vous était désagréable à entendre.

Le marquis fit un geste imperceptible, mais ne répondit pas.

Sulpice poursuivit:

— Certes la balle que vous avez logée dans la poitrine de M. de Montlieu était bien dirigée, mais cependant vous auriez dû, avant de tant vous presser de vous en aller, vous auriez dû, dis-je, vous assurer qu'elle avait été droit au but, et, en faisant cela, vous vous seriez aperçu que, si votre adversaire était bien destiné à n'en pas revenir, il n'était cependant pas tout à fait mort sur le coup.

— Comment!

— Mais non : et voilà pourquoi je me permets de vous dire qu'en pareille circonstance il vaut toujours mieux frapper deux fois qu'une; car si, tandis que vous y étiez, vous aviez, soit avec votre pistolet, soit avec votre épée, achevé M. de Montlieu, il eût été inutile que je vinsse à son secours, comme je l'ai fait, et je ne l'aurais pas transporté au presbytère, où il n'est mort qu'une heure environ après y être entré.

— Que dites-vous là? fit le marquis en tressaillant, mais c'est impossible! je ne vous crois pas.

— Monseigneur, je n'ai pas l'honneur d'être gentilhomme comme vous l'êtes, et je ne puis vous donner ma parole que ce que je dis est l'entière vérité, mais j'ai un autre moyen de vous le prouver qui vaut peut-être mieux.

— Quel moyen?

— Oh! mon Dieu, monseigneur, c'est de vous remettre un écrit signé de sa main avant sa mort, et dans lequel il déclare avoir été assassiné par vous.

— Un écrit, dis-tu? et où est-il?

— Ah! ceci, monseigneur, c'est une autre affaire, et je vous le dirai quand vous m'aurez assuré que vous êtes décidé à l'accepter. Il est en sûreté, et nul autre que vous ne le possédera tant que Sulpice n'en aura pas décidé autrement.

— Comment?

— Sans doute, monseigneur; est-ce que vous ne seriez pas désireux de tenir entre vos mains ce chiffon de papier?

— Certes! Mais c'est donc toi qui l'as?

— Comme vous le dites, monseigneur, e voilà vingt ans que je cours après vous pou vous l'offrir.

— Il serait possible!

— Mon Dieu, oui! Je me suis dit: il ne fau drait que ces quelques lignes d'écriture-l entre les griffes de M. le lieutenant de polic pour faire arriver de la peine à un gentil homme; et, ma foi, j'ai cru que le plus sag était de le mettre de côté jusqu'à ce que l hasard fasse que je vous rencontre et que j puisse vous délivrer du souci qu'il peut vou occasionner.

— Oh! oui, ce papier, il me le faut!

— Ah! vous voyez bien que j'ai eu raiso de le conserver, mais aussi vous conviendre avec moi que vous auriez eu grand tort s' m'eût été impossible de m'entendre avec vou au sujet de cette petite affaire.

Depuis un moment, la physionomie d marquis s'était éclaircie; mais ces mots d *m'entendre avec vous* changèrent subitemen l'expression qui s'y était produite, et une gri mace significative la contracta.

— Ah! oui, je comprends: c'est un march que vous venez me proposer? lui dit-il. E bien, soit! parlez vite; que voulez-vous e échange de cet écrit?

— Oh! oh! je serai raisonnable.

— Mais enfin?

— Eh bien! tenez, je me contenterai d vingt-cinq mille livres! J'aurais pu vous e demander cinquante, mais il faut de la cons cience en tout; faites-moi compter vingt-cin mille livres, et le papier est à vous!

— Vingt-cinq mille livres! exclama le mar quis; mais, malheureux, je préférerais te roue de vingt-cinq coups de bâton!

— A votre aise, monseigneur: c'est comm il vous plaira.

— Ah! c'est ainsi, drôle, que tu préten me forcer à acheter ton silence! mais tu n sais donc pas que voilà plus de vingt ans qu cette affaire est passée, et qu'aujourd'h personne ne se rappelle seulement le nom d M. de Montlieu?

— C'est possible, monseigneur, répond flegmatiquement Sulpice.

— Et tu crois, continua M. de Saint-Acheu que je mettrai vingt-cinq mille livres à u pareil chiffon!... Ah! ah! l'ami, tu es fou! Ou tu pensais m'épouvanter, mais tu vois bie que je ris! et d'ailleurs qui me prouve que ce papier soit fait de la main de M. de Montlieu!... Eh! mais j'y songe, ne serait-ce pas toi, double fripon, qui l'aurais fabriqué à dessein?

— Ainsi, monseigneur, vous refusez de me donner la somme que je vous demande en échange de la déclaration de M. de Montlieu?

— Oui, certes, et je te mets au défi de me la montrer.

— Eh bien! monseigneur, vous faites bien, et j'en suis ravi.

— Hein!

— Oui, je vous remercie de m'avoir refusé.

— Et pourquoi cela, maraud?

— Parce que j'eusse perdu cinq mille livres, monseigneur, attendu que M. Frédéric de Montlieu, le fils de M. le baron, m'en offre trente mille.

— Frédéric de Montlieu! son fils!...

— Ah! oui, j'oubliais de vous dire que M. le baron avait laissé un fils en mourant; ah! c'est un beau gentilhomme que celui-là, brave, élégant. Peste! je crois qu'il ne serait pas homme, lui, à se laisser niaisement tuer d'un coup de pistolet...

— Mais, malheureux, tu as donc juré ma perte! s'écria le marquis hors de lui, et qui, se rappelant tout à coup l'existence du jeune homme, comprit le terrible parti qu'il pouvait tirer de la déclaration qui l'accusait.

— Non, répondit Sulpice; mais j'ai juré que ce papier-là ferait ma fortune, et il me la fera.

— Dis plutôt qu'il fera ta perte, scélérat! vociféra le marquis.

Et, ivre de fureur, il mit de nouveau l'épée à la main et s'élança avec rage sur Sulpice.

Mais celui-ci, qui se tenait sur la défensive, esquiva le coup, et, lui sautant à la gorge, il l'étreignit d'une main, tandis que de l'autre il lui arracha son épée et la cassa en deux.

— Oui, dit-il, comte assassin, marquis sans cœur, le fils de ta victime se vengera de toi en te rendant peine pour peine: tu as déshonoré sa mère, il déshonorera ta fille; tu as tué son père, il te tuera.

— Ma fille! que parles-tu de ma fille! eh! traître!

— Lâche!

Et les deux hommes, forts tous deux, allaient se livrer une lutte terrible, lorsque Frédéric, à la vue du danger que courait le marquis, s'élança vers lui.

— Arrière! s'écria-t-il en s'adressant à Sulpice, ou je vous tue!

— Vous le voulez! soit, mon gentilhomme, j'obéis, car je veux vous donner à vous-même le plaisir d'apprendre de la bouche de M. le marquis de Saint-Acheul le motif de notre querelle.

— Monsieur le marquis, dit alors Frédéric en s'adressant au père d'Adrienne, que faut-il faire de cet homme?

— Vous? monsieur de Montlieu! fit le marquis avec terreur.

— Monsieur le marquis, faut-il recommencer mon histoire devant lui? reprit tout bas Sulpice en se penchant sur M. de Saint-Acheul.

— Silence! tu auras les vingt-cinq mille livres.

— Suffit, monseigneur.

Et il fit un demi-tour.

— Quoi! s'écria Frédéric, vous ne voulez pas que nous punissions ce misérable?

— Non, non, dit vivement le marquis: c'est ma faute. Je l'avais menacé sans raison, il n'a fait que se défendre: laissez-le, je vous remercie de votre intervention.

— Comme il vous plaira... Retire-toi, manant, puisque M. le marquis te le permet! mais, sambleu! j'aurais eu du plaisir à t'embrocher tout net!

Sulpice salua avec une humilité affectée, et, sans dire un seul mot, il disparut.

XV

Où le baron de Montlieu réfléchit, et de la résolution qu'il prend à la suite de ses réflexions.

Le poète Stéphen avait non-seulement au cœur un grand fond de reconnaissance pour celui qui l'avait arraché à une mort certaine, mais il s'était soudain senti animé d'une vive sympathie pour Frédéric, qu'il avait immédiatement jugé un homme digne de toute son amitié.

Aussi, dès la première visite qu'il lui fit, et cela le lendemain même de sa quasi-noyade, il lui avait exprimé tout le plaisir qu'il aurait à se lier avec lui.

Frédéric n'avait pas demandé mieux.

L'air de franchise et de bonhomie du jeune homme lui plaisait, et son verbiage poético-mythologique excitait sa gaieté.

Bref, au bout de deux jours ils étaient les meilleurs amis du monde.

Mais il y avait cependant un point qui chagrinait Stéphen : lorsqu'il avait cru reconnaître dans l'homme qui entrait chez le marinier où il s'était reposé, celui qui l'avait fait jeter à l'eau, et qu'il avait voulu courir après lui pour lui demander raison de cette singulière façon de se débarrasser des gens, Frédéric l'avait prié de n'en rien faire, lui promettant qu'il lui donnerait le lendemain la facilité de le rencontrer, en lui disant son nom; et quand, le lendemain, il lui avait rappelé sa promesse, Frédéric l'avait éludée en essayant de lui persuader que, loin de s'attacher à rechercher l'auteur du mauvais traitement qu'il avait subi, il ferait beaucoup plus sagement de l'oublier et de renoncer à l'idée d'en tirer vengeance.

— Comment ! s'était écrié Stéphen, j'ai failli aller réciter mes vers devant Minos, Éaque ou Rhadamanthe, et vous voulez que j'oublie! Peste ? la chose est difficile !

— D'ailleurs, reprit Frédéric, je puis m'être trompé.

— Point ! vous avez paru trop visiblement frappé de la présence de cet homme pour que vous ne sachiez parfaitement qui il est.

— Eh bien, cela est possible ; mais, je vous en prie, dispensez-moi de vous le nommer.

— Ah ! c'est une autre affaire du moment que vous vous intéressez à lui !

— Écoutez, Stéphen, si vous l'exigez, je vous dirai son nom et vous serez libre d'agir envers lui comme il vous plaira ; mais, en faisant cela, vous me désobligerez et vous m'exposerez peut-être à devenir votre ennemi, car il est de mon devoir de le défendre.

— En ce cas, mon cher, dites-moi bien vite ce nom, afin que, si je venais de nouveau à rencontrer celui qui le porte, je puisse me souvenir qu'il est de vos amis. Morbleu ! je n'oublie pas le service que vous m'avez rendu, et, puisque cet homme vous est cher, il peut me jeter à l'eau tant qu'il lui plaira : je ne m'y opposerai en aucune façon ; seulement je compte sur vous pour me repêcher.

— Merci, mon brave Stéphen, dit Frédéric tendant la main au jeune homme; mais je ne crois pas, ajouta-t-il en riant, que vous ayez de nouveau besoin de moi pour vous tirer de l'eau ; d'abord j'espère que vous ne serez plus tenté de promener Mlle Fanchette en bateau...

— Ah ! vous m'y faites songer, vous intéressez-vous à celle-là ?

— Nullement.

— Tant mieux, car je me promets de lui faire payer cher le bain qu'elle m'a fait prendre.

— Bah ! une jolie fille ! est-ce qu'on peut lui garder rancune ?

— C'est vrai ! Mais, à propos, ne m'avez-vous pas dit que vous étiez amoureux ?

— Vous l'ai-je dit? c'est possible ! mais, en tout cas, c'est la vérité. Oh ! mon cher Stéphen, si vous saviez comme elle est belle !

— Vraiment ! Eh bien voulez-vous que je vous indique le moyen d'être adoré d'elle ?

— Oui certes.

— Faites-lui quelque joli sonnet !

— Mais, malheureux, je ne suis pas poète.

— C'est juste, mais cela ne fait rien, je le ferai pour vous, et tenez, en venant ici, j'en ai commencé un qui ferait parfaitement votre affaire ; voulez-vous l'entendre ?

— Plus tard ; d'ailleurs ce moyen ne me serait d'aucune utilité.

— Ah bah !

— Non ; car, pour dire des vers, il faudrait pouvoir parler à celle que j'aime, et il ne m'est même pas permis de la voir.

— Il faut lui écrire.

— Lui écrire ! oui, vous avez raison, je lui écrirai.

— Oh ! si seulement vous pouviez lui écrire en vers : voyez-vous, mon cher baron, il n'y a pas de femme qui résiste à cela !

— Vous croyez ?

— J'en suis certain.

— En ce cas, j'y réfléchirai ; mais, puisque je vous ai dit que j'étais amoureux, il faut que vous sachiez tout : cela me fera du bien d'avoir quelqu'un à qui je puisse parler d'elle.

— Vous pouvez parler sans crainte ! Ah ! l'amour ! quel dommage qu'il ne rime pas avec toujours ! aussi je préfère les amours ! Enfin, n'importe, je vous écoute.

— Eh bien, j'aime la fille de M. le marquis de Saint-Acheul, ou, si vous le préférez, la fille de celui qui vous a si justement fait lancer au beau milieu de la Seine.

— Il se pourrait !

— C'est l'exacte vérité, et voilà pourquoi je refusais tout à l'heure de vous donner le nom que vous vouliez bien connaître.

— Oui, je comprends; mais comment pouvez-vous aimer la fille d'un homme qui passe ses nuits à imprimer les journaux en bateau ? alors, vous savez...

— Je ne sais rien du tout, sinon qu'Adrienne est charmante et que j'ai juré de l'épouser.

— De l'épouser ! c'est grave ! Mais c'est égal, je le répète, un pareil homme...

Et Frédéric lui raconta comment il avait fait la connaissance de la jeune fille, comment il l'avait soudain perdue de vue, et comment le hasard la lui avait fait retrouver, et comment enfin il ne se trouvait guère plus avancé auprès d'elle que le premier jour, puisqu'il n'avait aucun moyen pour se présenter de nouveau à l'hôtel du marquis de Saint-Acheul.

Stéphen écouta tout cela en silence, et, quand Frédéric eut fini de parler, il l'engagea à ne pas se jeter à la légère dans une intrigue qui pouvait lui attirer de graves désagréments.

— Mon cher Frédéric, lui dit-il, malgré tout ce que vous pourriez me dire touchant le marquis de Saint-Acheul, cet homme-là ne me revient guère et ses occupations nocturnes ne me présagent rien de bon. D'ailleurs, venez-vous de me dire, il ne me paraît aucunement désireux de cultiver votre connnaissance, et je crois que vous agiriez prudemment en vous abstenant de retourner dans cette maison.

— Mais elle, Adrienne ?

— Eh, parbleu ! vous trouverez d'autres femmes aussi jolies qu'elle.

— Non ; c'est elle seule que j'aime, et c'est elle que j'épouserai.

— A votre aise ; mais s'il vous la refuse ?

— Je l'enlèverai.

— A la bonne heure ! enlevez-la, mais ne l'épousez pas.

— Quoi ! vous me conseillez d'abuser de l'inexpérience d'une jeune fille pour la séduire et la déshonorer ! Oui, je sais que pour beaucoup de gens cela n'est qu'un passe-temps du meilleur goût; mais, pour moi, c'est une mauvaise action, plus encore, c'est un crime ! N'est-ce donc point ainsi que vous pensez, chevalier ?

— Oui, vous avez raison, répondit celui-ci qui devint soudain rêveur, et je partage votre opinion sur ce point; car ce fut pour ne pas commettre cette mauvaise action, ce crime, que je partis l'an dernier de la Feuillée.

— Vraiment ?

— Oui ! et cependant la pauvre fille qui s'abandonnait à moi n'était qu'une simple paysanne vassale de mon père, et, — vous allez rire, Frédéric, — elle m'aimait si follement, ou plutôt si naïvement, qu'elle ne craignit pas de me le faire savoir.

— Et alors ?

— Alors j'obtins d'elle un rendez-vous, dans lequel j'étais certain de me voir accordé tout ce qu'il m'eût plu lui demander ; mais, quand je fus seul, je réfléchis à la honte dont j'allais couvrir cette pauvre fille qui ne savait pas qu'en cédant à l'entraînement de son cœur elle devenait coupable d'une faute qui l'eût perdue, et, avançant soudainement le jour de mon départ pour Paris, je quittais le lendemain le château, afin de m'ôter toute possibilité de revenir sur la détermination que j'avais prise de ne pas aller au rendez-vous convenu.

— A la bonne heure ! s'écria Frédéric en lui tendant la main; ce que vous avez fait là est d'un honnête gentilhomme, et vous voyez bien que je ne puis songer à Adrienne que pour ma femme.

— Eh, morbleu ! qui vous empêche de m'imiter complétement ? Quittez Paris, répondit Stéphen en serrant la main que Frédéric lui présentait.

— Vous n'aimiez pas celle que vous avez fuie, reprit ce dernier, et moi j'aime Mlle de Saint-Acheul.

— Allons, je vois que vous êtes réellement amoureux, et je vous plains. Ah ! mon cher ! l'hymen est un Dieu charmant, mais j'aime mieux voyager d'Amathonte à Cythère que de brûler mes ailes à son flambeau.

— Stéphen !

— J'ai fini ! je vous laisse. Vous avez ma parole, je ne chercherai pas querelle au marquis; mais, sambleu ! si vous avez besoin de mon aide pour lui jouer quelque tour afin de pouvoir le forcer à vous donner sa fille, pensez à moi.

— Merci, dit Frédéric en souriant; vous partez ?

— Oui, je vais lire un quatrain de ma composition à Mme de Carignan ; tenez, écoutez-le :

L'amour nous conduit à Cythère
Et Mars nous entraîne au combat.
L'un m'éloigne de ma bergère,
L'autre me mène dans ses bras.

Que dites-vous de cela ?

— C'est charmant.

— N'est-ce pas? Je cours savoir l'avis de Mme de Carignan. Adieu, mon cher Frédéric; mais, de grâce, souvenez-vous que s'il vous plait d'enlever votre belle, je veux vous aider. Adieu ! Je reviendrai bientôt.

Et il sortit en fredonnant le premier vers de son quatrain.

Lorsqu'il revint, il trouva Frédéric rêveur.

C'était le lendemain du jour où celui-ci était accouru au secours du marquis menacé par Sulpice.

La singulière façon dont le marquis avait accueilli son intervention lui donnait à réfléchir.

Certes, le courage qu'il avait déployé dans cette occasion méritait au moins des remerciements, et c'était à peine si M. de Saint-Acheul avait trouvé une parole louangeuse à lui adresser.

Il était bien évident que cet homme paraissait être animé contre lui d'un sentiment qui ressemblait presque à de la répulsion.

Mais à quel propos ?

Voilà ce que Frédéric ignorait et ce qu'il eût voulu savoir; mais il avait beau chercher une raison qui motivât cette instinctive aversion, il ne trouvait rien, et il était forcé de l'attribuer à la connaissance qu'il avait de l'amour qu'il ressentait pour sa fille.

— Oh! cela est bien évident, se disait-il, il sait que j'aime Adrienne, et il craint que je ne lui demande sa main; mais enfin cela ne devrait pas le dispenser d'être poli avec moi, et je dois reconnaître que, s'il a paru peu empressé de me remercier du premier bon office que j'ai rendu à Adrienne, il ne s'est guère montré plus prompt à me témoigner quelque gratitude pour le service qu'il a reçu de moi hier au soir; et cependant je crois qu'il était temps que j'arrivasse à son secours pour le délivrer des mains de ce vagabond. En vérité, je suis tenté de croire qu'il eût préféré être tué par l'autre que secouru par moi ! C'est étrange !

Et il repassa dans sa tête les détails de la scène de la veille.

Mais il avait peine à comprendre l'air embarrassé du marquis, qui lui avait déclaré être l'agresseur dans la discussion avec Sulpice, lorsqu'il était certain d'avoir vu celui-ci l'aborder et lui parler avec animation.

Alors il eut de nouveau comme un vague souvenir d'avoir déjà eu affaire à cet homme,

Et soudain celui de la présence de M. de Saint-Acheul sur le quai de la Grenouillère lui revint à la mémoire.

Puis il se rappela les quelques mots de conversation qu'il avait surpris entre le marquis et le gentilhomme qui l'accompagnait, lorsque la veille ils avaient passé devant lui en s'entretenant d'une réunion qui devait avoir lieu incessamment.

Ils avaient parlé de maison du Diable ! de mot d'ordre !

Certes, il y avait dans la réunion de tous ces faits ample matière à réflexion, et le baron sentait germer en lui une certaine défiance dont il ne se rendait pas bien compte.

Il entrevoyait dans la conduite du marquis quelque chose de ténébreux et de suspect.

Il résolut d'en pénétrer le secret.

Et lorsque Stéphen revint, sans lui faire part de ses appréhensions, il le pria de vouloir bien le seconder dans une entreprise qu'il méditait.

— Chevalier, lui dit-il, vous m'avez offert votre concours et votre aide pour le cas où je viendrais à avoir besoin de l'un et de l'autre.

— Et je ne désire que l'occasion de vous prouver que je suis homme de parole, répondit Stéphen. Disposez de moi : que faut-il faire ?

— Merci pour l'empressement que vous me témoignez; quant à ce que j'attends de vous, le voici : connaissez-vous la maison du Diable?

— Comment avez-vous dit ?

— Je vous demande si vous connaissez la maison du Diable ?

— Non ! l'empire de Pluton m'est inconnu, et, si c'est chez lui que vous voulez que je vous accompagne, je vous avoue que je ne le ferai qu'avec un certain déplaisir.

— Vous n'avez rien à craindre ; cette demeure ténébreuse est, à ce qu'il parait, située dans la rue Saint-Lazare.

— Rue Saint-Lazare ! et que voulez-vous aller faire là ?

— Je l'ignore encore.

— Mais enfin qu'espérez-vous y trouver ?

— Vous le saurez si vous consentez à y venir avec moi.

— Certes !

— Vous aurez soin de choisir votre meilleure épée, et, ce qui ne peut jamais nuire, vous mettrez dans vos poches une bonne paire de pistolets.

— Ah çà ! il s'agit donc d'exposer ses jours ?

— Peut-être.

— C'est bien, je suis prêt, partons.

— Un moment; nous avons le temps. C'est jeudi seulement que nous nous mettrons en campagne pour découvrir les compagnons de la Marjolaine.

— Les compagnons de la Marjolaine ! s'écria Stéphen.

— Oui ; les connaissez-vous ?

— Point! seulement le nom de la Marjolaine m'a rappelé... Mais non ! je suis fou... Mon cher Frédéric, comptez sur moi.

— Merci !

— Et à quelle heure devrai-je vous prendre ?

— A dix heures du soir !

— A dix heures je serai ici ! A propos, et vos amours avec Mlle de Saint-Acheul? où en êtes-vous ?

— Oh ! mon ami, je l'aime plus que jamais; mais, je vous en prie, ne m'interrogez pas davantage sur ce sujet, car le service que je vous ai demandé n'est pas étranger à elle, et du résultat de cette demande dépendra peut-être mon honneur !

Stéphen regarda Frédéric : il comprit qu'il y avait dans l'âme du jeune homme quelque grande préoccupation, et il n'insista pas ; mais il lui renouvela la promesse de venir le prendre le jeudi suivant, à l'heure indiquée, pour le suivre partout où il lui plairait d'aller, et le laissa maitre de son secret.

Frédéric eut tout le loisir de bâtir les suppositions les plus invraisemblables touchant le but de la réunion dont il se proposait de faire partie, ce qui ne l'empêcha pas de penser en même temps à Adrienne, à laquelle il demanda un nouveau rendez-vous.

Mais cette fois il n'obtint pas de réponse.

Il pensa que la jeune fille n'avait pas pu trouver l'occasion de la lui faire parvenir, et, quand vint le soir, il se dirigea vers la rue du Chemin-du-Rempart, croyant trouver la petite porte du jardin ouverte.

Il se trompait : lorsqu'il voulut la pousser pour entrer, il la trouva fermée.

Alors il frappa discrètement un coup et attendit.

Aucun bruit ne se fit entendre.

Il recommença à frapper; mais bientôt, craignant d'attirer l'attention d'autres personnes qu'Adrienne, il prit le parti de se retirer et de regagner tristement la rue de la Bonne-Morue.

— Allons ! dit-il en rentrant chez lui, elle refuse de me recevoir !... qui sait ? elle ne m'aime plus peut-être !

Mais c'était le dépit seul qui le faisait parler de la sorte, car il ne pouvait sérieusement supposer qu'Adrienne fût devenue soudain indifférente à son amour, et bientôt il eut honte d'avoir eu cette mauvaise pensée.

— Oh ! non, c'est impossible ! reprit-il, et j'ai tort de l'accuser; et, d'ailleurs, si elle a refusé de m'accorder ce que je lui demandais, c'est ma faute : je lui avais promis de revoir le cardinal, de faire en sorte de pouvoir être présenté au roi, et je n'ai rien fait pour essayer de gagner la confiance du marquis ; je...

Il fut interrompu dans son soliloque par l'entrée de Justin, qui s'approcha de lui d'un air d'un homme qui a quelque chose à dire, mais qui n'ose le faire avant qu'on l'interroge.

— C'est toi ! lui dit Frédéric; que veux-tu ?

— Monsieur, répondit le laquais, je venais pour vous informer que... Ma foi, monsieur, je ne sais pas trop comment vous apprendre cela.

— Ah çà, bélitre, t'expliqueras-tu ! qu'as-tu à me dire ?

— Eh bien ! monsieur, j'ai à vous dire que vos affaires ne vont pas bien.

— Que signifie ?...

— Oui, monsieur, et qu'il n'est rien moins question que de faire épouser Mlle de Saint-Acheul à un certain M. le vicomte de Roncenelles, un homme de cinquante ans, qui...

— Marier Adrienne ! s'écria Frédéric avec explosion, mais c'est impossible ! Où as-tu appris cela ? qui a pu t'en instruire !

— Vous savez bien, monsieur, que Mlle de Saint-Acheul n'a pas de secrets pour sa fille de chambre Francine, et que Francine n'en a pas pour moi, et c'est celle-ci qui m'a raconté tout à l'heure que M. le vicomte de Roncenelles sortait de l'hôtel, où il était venu afin d'être présenté à Mlle Adrienne comme son futur époux.

Un nuage passa sur les yeux de Frédéric à l'annonce de cette nouvelle à laquelle il était si loin de s'attendre.

— Oh ! s'écria-t-il, il y a là-dessous quelque chose d'extraordinaire... Nul doute que le vicomte ne soit l'homme avec lequel le marquis s'entretenait l'autre fois ; oui, je m'en souviens, il a demandé si la jeune fille serait présentée : c'était donc d'elle qu'il était question ; mais alors pourquoi le nom de Marjolaine, que signifie un mot d'ordre? Oh! je découvrirai la vérité, et, quelle qu'elle soit, j'ai juré qu'Adrienne serait à moi, et elle ne sera à nul autre.

Et, congédiant son laquais, le baron resta accablé par la tristesse de ses réflexions.

FIN DE LA PREMIERE PARTIE.

www.ingramcontent.com/pod-product-compliance
Ingram Content Group UK Ltd.
Pitfield, Milton Keynes, MK11 3LW, UK
UKHW020927180726
13838UKWH00002B/801